Bibliographische Information der Deutschen Nationalbibliothek:
Die Deutsche Nationalbibliothek verzeichnet diese Publikation in der
Deutschen Nationalbibliografie; Detaillierte bibliografische Daten sind
im Internet abrufbar unter http://dnb.d-nb.de

Bibliographische Information
ISBN 9-783735-794895

Erste Auflage 2014
© 2014 Parate Labor/Walter Pfaff
Satz, Layout und Umschlaggestaltung: Zoe Carroll

Printed in Germany

Herstellung und Verlag:
BoD - Books on Demand, Norderstedt

In unserer gemeinsamen Arbeit werden wir versuchen, eine Ebene zu berühren, die *vor den Unterschieden* liegt. Wir werden versuchen, *Beginnende* zu sein. Am Beginn zu sein ist etwas, was man *tut*. Ein Kind lebt am Beginn. Für ein Kind ist alles, was es tut, das erste Mal. Der Wald, den es betritt, ist der erste Wald. Für uns mit unseren Prägungen ist jeder Wald derselbe Wald, und wir sagen, das ist ein Wald. Aber der Wald ist lebendig und verändert sich ständig. Wenn wir etwas tun, denken wir daran als an etwas, was bereits geschehen ist, oder träumen davon als von etwas, was erst geschehen wird. Wir befinden uns ständig zwischen Vergangenheit und Zukunft. Aber am Beginn sein bedeutet, *Hier und Jetzt* sein. In meiner Arbeit suche ich ein Selbstverständnis des Handelns, das den Kräften der Natur gleicht. Der Beginnende ist *vor* den Unterschieden. Uns diesem Punkt des Beginnens zu nähern, ist das Ziel der Arbeit im kommenden Jahr.

Walter Pfaff, geb. 1949 in Zürich, ist Regisseur und Theateranthropologe. Er inszenierte an Theatern in Europa, den USA und Indien und unterrichtete an zahlreichen Universitäten. 1989 gründete er Parate Labor zur Erforschung der parathetralen Arbeit nach Jerzy Grotowski. Als Direktor des Centre de Travail de Recherches Théâtrales im Burgund (1992 bis 2004) verband er diesen Ansatz mit der Erkundung der Beziehungen zwischen modernen europäischen und traditionellen asiatischen Körpertechniken des Performers. 2005 gründete er das interkulturelle MAXIM Theater in Zürich, das er bis 2010 leitete. Seit 2011 entwickelt Walter Pfaff in Zusammenarbeit mit Psychiatrischen Kliniken theatrale Spielformen für die Zusammenarbeit mit Patientinnen und Patienten.

DIE LEHREN DES KOYOTEN

Ein paratheatraler Weg des Wissens

Walter Pfaff

DAS SCHWARZE BUCH

Heute, am zwölften November, beginne ich mit meinem Bericht. Ich werde alles so genau aufschreiben, wie es mir möglich ist. Ich stütze mich dabei auf mein Tagebuch aus jener Zeit der Lehre, aber die Aufzeichnungen sind unvollständig, und so kann ich nur hoffen, dass sich in meiner Erinnerung alles so ausnimmt, wie ich es wirklich erlebte.

'Ich bin ausgestiegen', lautet der erste Satz in dem abgegriffenen schwarzen Heft, 'ein Wunder, dass der Zug überhaupt angehalten hat'. Ich sehe den leeren Bahnsteig noch heute vor mir. Ich war der einzige, der ausstieg. Es stieg auch niemand ein. Ein verlassener Bahnhof ohne Ort. Die eine Fassade starrte auf die nackten Geleise, die schnurgerade auf den bleichen Himmel zu liefen, die andere auf ein schwarzes Asphaltband, das in der Hitze dampfte. Weit und breit kein Mensch. Warum nur bin ich ausgestiegen, dachte ich, aber für innere Stimmen war es jetzt zu spät. Der Gedanke daran, was auf mich zukommen wird, darf jetzt nicht gedacht werden, dachte ich. Später vielleicht. Aber jetzt nicht. Ein Bahnhof ist der beste Ort für einen Anfang.
Ich setzte mich in die Halle und wartete. Ich wartete lange. Ich war bereit, alle Pläne aufzugeben, die ich mir gemacht hatte, aber alle weiteren Züge fuhren durch. Es waren nicht gerade viele, vielleicht einer oder zwei, aber keiner hielt an. Drattatà Drattatà Drattatà: Sie brausten durch die Station und liessen mir den Geruch von verbranntem Eisenstaub zurück.

Heute frage ich mich, weshalb ich die Reise damals überhaupt angetreten hatte. Ich glaube, es war wegen Chris und dem Bild, das er mir damals gezeigt hatte, das Bild von drei Kindern auf einer Strasse in Island. Es sei das erste Bild des Glücks für ihn, sagte er. Er müsse es eines Tages ganz allein an den Anfang eines Filmes setzen, sagte er, und danach nur Schwarzfilm. Wenn man das Glück im Bild nicht sehen könne, würde man wenigstens das Schwarz sehen. Ich sah das Glück auf dem Bild, und in dem Augenblick erwachte in mir auf einen Schlag die Erkenntnis, dass ich den Zustand der Glückseligkeit seit allzu langer Zeit vermisste. Aus der Erschöpfung kommend, stürzte ich mich in das Abenteuer, diesen Zustand wieder zu finden. Heute erscheint es mir manchmal, dass meine Reise aus jenem Punkt getrieben war, wo man sich entweder erneuert oder aber selber aufgibt. Aber vielleicht war das Gegenteil wahr. Jedenfalls sass ich mit abgewetztem Herz in der Bahnhofshalle und träumte von den Kindern in Island. Sie rollten in Purzelbäumen einen Abhang hinab.

Mitten hinein in das Traumbild rumorte von aussen mein Taxi, eine braune Déesse. Der Chauffeur stieg aus und blieb als dunkle Silhouette in der Türöffnung stehen. Mit seiner schief über die Stirn gezogenen Schirmmütze erinnerte er mich an den Fahrer, der mich am Beginn einer anderen Reise in Barcelona zum Hafen gefahren hatte. Ich nahm meinen Seesack und meine grüne Jacke und wir gingen zum Wagen. Ich legte den Sack auf den Rücksitz und setzte mich neben den Lenker. Er schaute mich von der Seite an, legte den Gang mit einem gebieterischen Ruck am Lenkradhebel ein und fuhr los. Wir glitten dahin wie auf Luft. In einer DS ist jede Strasse gut. Ich starrte durch die staubige Frontscheibe auf die Strasse. Schweigend fuhren wir durch dichte Waldungen nach Westen.

Die Fahrt endete abrupt an einem mit Ginster überwachsenen Steinbruch. Der Fahrer stieg aus, den Motor liess er laufen. Ich sah auf einen langgestreckten waldigen Hügelkamm. Ein einsamer Bussard flog vom Rand der Geröllhalde auf und segelte in Richtung der Berge. Ein ockergelber Pfad verlor sich im Gestrüpp. Ich nahm meine Jacke vom Rücksitz. Einen Augenblick standen wir, als gäbe es noch etwas zu sagen. Ich verstand, und zählte Scheine in seine hungrige Hand. Sechs Scheine. Er sagte nicht Danke. Er schob die Mütze zurück, ging um den Wagen, setzte sich ans Steuer, schlug die Tür zu und rollte davon. Und wie damals in Barcelona an der Mole, vor mir das offene Meer, hockte ich zögernd am Bordsteinrand. Vor mir ein Gewirr von dunklen Hügeln, Kuppen, langen waldgrünen Rücken. Eine stumpfe, abweisende Melancholie lastete auf dem Abhang. Bleich kroch ein staubiger Dunst aus dem Tal und färbte das Land grau. Ich kann noch heute die dumpfe Angst heraufrufen, die mich plötzlich packte. Ich begann zu laufen. Ich lief immerzu bergan auf einem schmalen Streifen Weg, der sich durch das Gebüsch zog. Ich sah weder nach rechts noch links, ein sanfter Zwang hielt meine Füsse auf der Bahn und trieb mich voran.

Der Weg endete an einer alten Mauer, hinter der sich ein hohes Gebäude aus gelbem Stein versteckte. Ich folgte der Mauer bis an das Tor und sah durch die Metallstäbe in einen weitläufigen Innenhof. Die Hausfassade hatte die klare Strenge einer Kaserne aus der napoleonischen Zeit. Sie wirkte beinahe vornehm. Die Fenster waren geschlossen. Sie lagen hoch, man konnte vom Boden aus nicht hineinsehen. Eine Steintreppe führte in fünf breiten Stufen zu einer abgeblätterten senfgelben Holztür. Aus dem rostroten Sand im Hof wuchs hartes Gras. Ich stiess das Tor auf. Ich habe das heisere Kreischen der Torflügel in den Angeln noch heute im Ohr, jener vertraute Missklang, der mich lange

Zeit begleiten sollte. Ich stand im Hof und lauschte. Nichts regte sich. Ich stieg die Steinstufen hinauf und klopfte an die Haustür, erst vorsichtig, dann ungeduldig und laut. Ich drückte die Klinke, aber die Tür war abgeschlossen. Ich ging um das Haus herum und fand mich in einem verwilderten Garten. Das Gras ging mir bis an die Brust. Unter einem wuchernden Jasminstrauch entdeckte ich eine Gartentür, über der eine alte Schulglocke hing. Ich zog entschlossen an der rostigen Kette. Die Glocke schlug scharf und hell. Ich wartete, aber nichts geschah. Doch, eine braune Eidechse kroch aus dem Efeu, hielt neben dem Türpfosten und beäugte mich mit einem uralten Blick. Dann kletterte sie die Hauswand senkrecht hoch und plumpste in die Dachrinne. Ich war wie betäubt vom Geruch von Gras und dem Singsang des Windes in den Zweigen. Mir war, als würde das Leben sich verlangsamen und stillstehen. Ich dachte, das Einfachste ist, ich lege mich hin, bis die Nacht kommt. Wenn der Mond aufsteigt, wird alles seinen rechten Platz finden.

Wie ich so im Gras lag, öffnete sich hoch über mir ein kleines Fenster und ein bärtiges Gesicht schaute auf mich herab. Ich sprang auf. „Gehen sie", sagte die dazugehörige Stimme, die mir später so vertraut werden sollte, „die Schule ist geschlossen, wir nehmen keine Schüler auf." Das Fenster schlug zu. Inzwischen war es dunkel geworden, dunkel auch in mir. Ich muss im Garten eingeschlafen sein. Einmal stolperte eine Ratte über meine langen Beine und ich zuckte hellwach auf, aber vielleicht ist das eine Erinnerung von einer anderen Reise, jedenfalls war ich hundemüde und schlief tief und fest, wie ich es damals so prächtig konnte. Heute ist an tiefen und festen Schlaf nicht mehr zu denken. Die Zeiten des tiefen Schlafes sind für mich endgültig vorbei. Vielleicht schreibe ich deshalb diesen Bericht.

Am nächsten Morgen stand ich auf und ging unsicher in den roten Hof hinauf. *Und setzt du nicht das Leben ein / nie wird dir das Leben gewonnen sein,* redete ich mir ein. Das Bartgesicht, seiner abgetragenen Latzhose nach der Hauswart (dachte ich, so kann man sich täuschen) sass, wie er es liebte, aber das wusste ich damals noch nicht, in den Anblick der Steine versunken auf seinem braunen Klappstuhl am Tor und trank Tee aus einer blauen Blechtasse. Die Art, wie er regungslos den Kopf hielt, erinnerte mich an einen Falken auf dem Ansitz, kurz vor dem Zustoss. Eine schwebende Bedrohung ging von ihm aus. „Der Meister ist nicht da", zischte er durch eine Lücke zwischen seinen gelben Schneidezähnen. „Ich weiss nicht, wann er zurückkommt. Es kann lange dauern. Ich rate ich dir, geh besser wieder fort. Der Alte nimmt keine neuen Schüler auf."

Ich war von dieser Eröffnung wie gelähmt. Ich bin sonst nicht auf den Mund gefallen, aber damals brachte ich kein Wort heraus. Es muss sich ein dichtes Schweigen ausgebreitet haben, bis es aus dem grauen wolligen Bart plötzlich - und heute denke ich, aus Mitleid - murrte: „Wenn du Angst hast, dahin zurück zu gehen, von wo du gekommen bist, dann warte. Aber ich kann dir nicht sagen, wie lange das Warten dauern wird. Frag mich also nicht." Dann widmete er sich wieder dem Betrachten der Steine. Ich sah's an seinem Rücken, dass ich nicht weiter fragen durfte. Ich musste dringend nachdenken. Ich zerrieb den langen Abend mit Auf- und Ablaufen an der Mauer. Als ich endlich stumpf und müde war, legte ich mich im Garten ins hohe Gras, und die Nacht fiel aus einem schwarzen Himmel sachte auf mich herab; so ward aus Morgen und Abend der erste Tag.

Den nächsten Tag verbrachte ich damit, ziellos durch die Gegend zu streifen. Ich sprach laut mit mir selbst und sagte mir zur Unterhaltung die stolzen Worte des Prinzen von Homburg auf. Beim Gedanken an meine Prinzessin Natalie kamen mir beinahe die Tränen. Am Abend hockte der Wächter mit einem

Laib Brot und einem Stück Wurst auf seinem Klappstuhl am Tor. Ich setzte mich neben ihn auf den Boden. Er gab mir ein Stück Brot, und wir kauten in stiller Eintracht. Weshalb ich noch immer da sei, fragte er dann. Die Antwort, die ich gab, bereitet mir noch heute Kopfzerbrechen. Ich hatte ja keine Ahnung! Ich sagte: „Ich will Gehen lernen!" Wie kam ich wohl gerade darauf? Jedenfalls war mit dieser Antwort, das ist mir heute ganz klar, meine Zukunft besiegelt. Aber das ahnte ich damals nicht. Damals nahmen die Dinge ihren geheimnisvollen Lauf wie von selbst.

„Gehen lernen!" Der Mann schaute auf, mir direkt ins Auge. Ich sehe ihn vor mir, wie er kurz auflacht, sich bedächtig eine zweite Scheibe Brot bricht und Wurst hinterher schiebt. Er kaute quälend langsam und nahm sich viel Zeit, bis er die fettigen Lippen mit dem Handrücken abwischte. „So So!", sagte er, „Gehen lernen?" Und dann murmelte er leise: „Wehe dir, wenn du hier Theater spielen willst! Wenn wir uns hier verwandeln, dann für immer. Verstanden?" Dann schwieg er. Die Sekunden wurden wie ganze Tage und die Minuten nahmen das Gewicht von Jahrhunderten an.

Der nächste Eintrag im Tagebuch nennt einen Freitag, demnach mussten zwei Tage vergangen sein, an die ich mich bei bestem Willen nicht erinnern kann. Ich glaube aber nicht, dass dies sehr wichtig ist. An jenem Freitag begann ich, *Gehen* zu lernen. „Wenn du Gehen lernen willst, musst du Stehen lernen", sagte, laut Tagebucheintrag ‚mild‘, der Wächter. Wir gingen zusammen in den Garten und übten dort im hohen Gras das *Stehen*. Ich beobachtete, was der Wächter mir vormachte, und machte es ihm ganz genau nach. Ich solle nicht fragen, hatte er befohlen. Das war die erste Regel die ich lernte.

Wie oft bin ich seither gestanden, und jedes Stehen hat mich, wie ich heute sehen kann, tiefer in die Arme des Jägers getrieben. Hätte ich das damals vorausgesehen, ich weiss nicht, ob ich mich dem Wächter so fraglos ausgeliefert hätte. Er hatte von Anfang an etwas von einem Kobold, aber ich war wohl blind vor törichter Ungeduld und Langeweile. Allzu oft habe ich seither meine damalige Halsstarrigkeit belächelt, allzu oft mich gefragt, ob es eine Alternative gegeben hätte, ob ich den Weg zurück hätte finden können zu dem kleinen verlassenen Bahnhof und zum Schienennetz, das ihn mit der Stadt verband. Wie dem auch sei, es ist geschehen, wie es geschehen musste, und ich kann die Zeit nicht zurückdrehen. Ich kann nur diesen Bericht so getreulich wie möglich niederschreiben und versuchen, die Zusammenhänge zu verstehen. Ich weiss nicht, ob jemand diese Aufzeichnungen je lesen wird. Im Augenblick weiss ich nicht einmal ob ich das wünsche. Das Wünschen hat mir oft Unglück gebracht. Vielleicht werde ich es wissen, wenn ich den Bericht zu Ende geschrieben habe.

Der Wächter stellte sich vor mich hin, und ich machte sein Stehen nach so gut ich damals konnte. Viel gab es für meine unerfahrenen Augen nicht zu sehen. „Ist das wirklich alles", höre ich mich fragen, worauf er nachsichtig murrt, „was mehr kann es geben?" Ich mühte mich also ab mit der Stellung der Arme und des Kopfes, mit der Neigung des Oberkörpers und der Position des Beckens, mit lauter Kleinigkeiten. "Ist denn das so schwer", murmelte der Wächter und zog am Stummel der kalten Zigarette, während mich ein Zittern schüttelte, „wenn der Schmerz beginnt, beginnt erst die Arbeit". Auf Schnelligkeit kam es dem Wächter wahrlich nicht an. Aber er duldete nichts Ungefähres. Alles geschah sehr, sehr langsam, als gehörte ihm der Lauf der Zeit. Ich stand zum Schluss so still wie der Nussbaum vor mir. Je länger ich ihn anschaute, desto mehr schaute der Nussbaum zurück. Eben noch hatte die Zeit sich ins Endlose ausgedehnt und ganz plötzlich, wie auf einen Schlag, drängte sie mit tausend leuchtenden Sonnenkringeln und bewegten Schatten auf mich ein und verbündete sich mit dem Geschrei der Vögel, dem Gesumse der Insekten und der sanften Berührung des Windes. Es wurde eigenartig still in mir, still von Menschen, still mitten im grossen Klang der Welt.

'Ich bin immer noch da!' steht mit Ausrufezeichen quer über der neuen Seite im schwarzen Heft. Ich muss mich also mächtig gewundert haben. Gewundert über mich selbst, gewundert darüber, dass ich nicht längst abgehauen war. Rechtzeitig wegzugehen war bisher immer meine Stärke gewesen, weshalb nur blieb ich hier hängen? Der Wächter liess mich noch immer nicht ins Haus, aber meinen Sack hatte er schon mal im Geräteschuppen untergestellt. Nachmittags lag ich faul und misslaunig im Garten, nachts schlief ich wie ein Toter im Gras. Zum Glück war es ein trockener Sommer, es regnete nicht und ich war zufrieden mit meinen Schlafplatz unter den Sternen. Der Wächter hatte mir noch immer seinen Namen nicht genannt, aber da wir meist schwiegen, fiel es mir nicht einmal besonders auf.

Etwas hatte ich in jenen ersten Tagen erkannt und voller Stolz auf die neu erworbene Genauigkeit im schwarzen Heft notiert: Ich stehe, aber ich weiss jetzt, wie! Jetzt beobachte ich beim Stehen die Arbeit meiner Muskeln. Dazu habe ich als erstes die so genannte *Grundposition* gelernt. Dabei stehen die Füsse genau eine Faustbreit auseinander. Ich messe diese mit der Hand ab und vergewissere mich, dass die Füsse ganz genau parallel sind. Meist bleibt mir dabei eine ganze Weile das starke Gefühl, sie stünden einwärts gedreht, aber ich weiss jetzt, das Gefühl täuscht, es folgt der Macht einer alten Gewohnheit. Ich entspanne die Knie, indem ich die Kniekappen hochziehe und wieder fallen lasse, und dadurch beleben sich mit einem feinen Kribbeln die Beine. Ich beschreibe mit dem Körper kleine Kreise über den Füssen. Die Bewegung geht vom Kopf aus, der auf der gestreckten Wirbelsäule sitzt wie ein Ball auf einer Jonglierstange. Der Schwerpunkt wandert im Kreis vom Mittelfuss vor auf die Ballen, und über den Aussenrist, die Fersen und den Innenrist zurück ins Zentrum. Einmal links herum, einmal rechts herum. Ich mache die Kreise kleiner und kleiner, bis das Körpergewicht sich gleichmässig auf den ganzen Fuss verteilt. Dazu stelle ich mir vor, ich sei ein Baum. Meine Wurzeln greifen tief in die Erde hinab. Von aussen gesehen stehe ich ganz still, aber innerlich fühle ich mich frei und beweglich. Ich stehe ohne Anstrengung und manchmal ist mir, als ob ich ohne Gewicht sei und auffliegen könnte. Ja, ich wäre gerne ein Pfeil im Fliegen! „Richtig zu stehen ist wichtig", sagt der Wächter, „denn es ist der Ausgangspunkt für den ersten Schritt. Ohne ein richtiges Stehen gibt es kein gutes Gehen."

Heute muss ich lachen, wenn ich diese Beschreibung meiner ersten Begegnung mit der Grundposition lese, der späteren *Position des Jägers*. Ich muss lachen über diese Mischung aus Ernst und Naivität, aus empfindsamer Betroffenheit und eitlem Schülerstolz. Aber vielleicht ist Lachen nicht das richtige Wort, in meiner Situation lacht man nicht. Eher belächle ich heute den blinden Tatendrang jener so lange vergangenen Tage. Ich muss mich zwingen, diese gutgläubigen Eintragungen nicht einfach zu überspringen. Ich tue es nicht, weil ich heute so gut weiss, wie der Wächter es damals wusste, dass jene Erfahrung unumgänglich war, um aus dem alten Leben abzuspringen, das Altgewohnte umzustürzen und zu lernen, das einst Gelernte jetzt zu verlernen. Deshalb habe ich mir vorgenommen, das Unumgängliche so getreu wie möglich in der Sprache von damals zu berichten.

Am Anfang der zweiten Woche durfte ich aus dem Stehen zum ersten Mal den *Schritt Vorwärts* tun. Diese Aufgabe erschien mir aufs Erste lächerlich. Das kann doch jeder, dachte ich. Aber ich musste den Schritt Vorwärts in Zeitlupe tun. Damit war es mit der Einfachheit auch schon dahin, und der Schritt Vorwärts wurde zu einer Schweiss treibenden Arbeit. Ich nahm wahr, wie alle Muskeln sich anspannten und wie mich die Angst überkam, das Gleichgewicht zu verlieren und zu fallen. Ich spannte das Zwerchfell und hielt den Atem an. Ich versteifte mich. Ich erfuhr mein nacktes Bedürfnis nach Sicherheit. „Nicht mechanisch werden", brummte der Wächter, „stell dir vor, du bist ein Kind, und das ist der erste Schritt, den du aus dem Laufgitter tust." Und plötzlich stand ich am offenen Gehege. Vor mir entrollte sich der weite, unberührte Raum. Mein Herz schlug rascher, die Augen weiteten sich, in den Ohren rauschte Meeresbrandung. Mir war plötzlich heiss. Ich spürte den Blick des Wächters nicht mehr. Ich fühlte mich, nein, ich war für einen Augenblick das Kind, das den ersten freien Schritt hinaus tut. Das erfüllte mich mit freudiger Entschlossenheit.

Der Wächter war weniger begeistert. „Ich sehe Anstrengung", sagte er. Er machte mir den Schritt Vorwärts nochmals vor. Ich sah ihm immer gerne zu, wenn er vormachte. Seine Bewegungen waren gleichzeitig sehr einfach und ergreifend schön. Dann war die Reihe an mir. Zehnmal, zwanzig Mal. Er korrigierte kaum. Meistens schaute er nicht einmal hin. Dann und wann murmelte er: „Achte auf den Atem. Du hältst den Atem an!" Oder er verlangte von mir, mehr auf die Geräusche im Raum zu achten. Die Anstrengung hatte mich wahrhaftig taub gemacht, aber allmählich füllte sich der Raum wieder mit Klang.

Zum Abschluss jener Woche zeigte mir der Wächter eine Bewegung, die er *Kleine Verbeugung* nannte. Die Kleine Verbeugung war der erste in einer Reihe von langsamen Tänzen an Ort, die später zu der Grossen Bewegung führen sollten. Von Aussen gesehen, erschien mir dieser Tanz damals ganz unbedeutend, und ich konnte mir beim besten Willen nicht erklären, weshalb ich mich danach oft eigenartig belebt und froh fühlte. Heute aber, wo ich das Geheimnis der inneren Bewegung kenne, wundert mich jenes erste blinde Entzücken nicht mehr.

Konträr zu meinem inneren Hochgefühl wurde der Wächter in den letzten Sommertagen immer verschlossener. Ich glaube, er zweifelte daran, dass es richtig war, mit mir zu arbeiten, obwohl der Meister nicht da war. Eines Morgens verlor er die Geduld und schnauzte mich an: „Du weißt nicht, was du tust, und du weißt nicht einmal, was es heisst, das nicht zu wissen! Ich habe mich getäuscht. Du bist Schauspieler und erwartest also, dass jemand kommt und dir sagt, was du zu tun hast. Mit dieser Haltung kommst du hier nicht weiter. Es ist alles für die Katz. Wenn du Gehen willst, musst du wissen, wohin du gehst. Es gibt einen inneren und einen äusseren Rhythmus. Wenn du zum Beispiel durch ein Minenfeld gehst, ist der äussere Rhythmus extrem langsam, der innere Rhythmus aber sehr schnell. Du führst die äussere Bewegung technisch korrekt aus, aber das Gefühl für die innere Bewegung ist dir gänzlich fremd. Deshalb ist alles, was du tust, mechanisch. Deshalb sehe ich nur falsche Anstrengung!" Ich blickte Hilfe suchend zum Nussbaum. Der Baum war alt, schon Napoleons Truppen hatten seine Früchte gesammelt. Ich gehe auf den Baum zu, dachte ich, weil ich Nüsse brauche für das Abendessen. Meine Haltung ist die des Kochs! Die Handlung muss begründet sein wie damals im Theater, schoss es mir durch den Kopf. Aber nein, dachte ich schnell, es schaut ja niemand zu. Ich gehe nur für mich selbst.
Erst viel später sollte ich erfahren, dass in Wahrheit der Gang

die Bilder der Vorstellung erschafft. Später konnte ich mich mit Hilfe bestimmter Gangarten auf die abenteuerlichsten Seelenreisen schicken, an deren letztem Ufer der Jäger auftauchen sollte. Aber damals brauchte ich den Nussbaum und den Koch, damit meine Bewegungen nicht mechanisch blieben, sondern lebendig wurden. „Ein allgemeines Gehen ist ein totes Gehen", notierte ich stolz in mein Heft.

Ich erinnere mich gut an die folgenden Tage, in denen der Wächter verzweifelt versuchte, meinen Knoten in der Leitung zu entwirren. Ich sehe ihn vor mir gehen, die Kapuze über den Kopf gezogen wie ein Kobold aus einem Kinderbuch. Unten im Garten bleiben wir stehen. Die Linde wirft ihren Schatten über uns, und bald schon kann ich die dunkle Silhouette des Wächters nicht mehr von der Umgebung unterscheiden. Als die Tiere vorsichtig ihre Verstecke verlassen und die Jagd beginnt, belebt sich der nächtliche Garten mit tausenderlei Geräuschen. Etwas in mir beginnt zu schwingen wie eine angestrichene Saite. Die Bäume stehen um mich herum wie verzauberte Wesen, ich bin mitten unter ihnen, ich bin einer von ihresgleichen und sie geben mir geheimnisvolle Zeichen.

So vergingen die Tage, bis der Wächter mir eines Morgens zurief: „Der Meister ist da. Mach dich bereit." Er führte mich in einen niederen Anbau aus Stein, dessen Breitseite ein grosser Steintrog einnahm. Durch die Lücke zwischen Dach und Mauer fiel ein warmer Sonnenstrahl auf den Boden. Aus einem Rohr strömte Wasser in das Becken. Ich füllte einen Eimer mit kaltem Wasser, wusch mich mit Schwamm und Seife und stieg dann in das kühle Bad. Wenn ich ganz still lag, legte sich ein warmer Film zwischen meine Haut und das frostige Wasser. Bewegte ich mich, zerbrach der Film. Dann kam der Wächter zurück und brachte mir ein

leinenweisses Hemd und eine helle Hose. An meinem Lieblings-
platz unter dem Kirschbaum wartete ich auf das Vorsprechen
beim Meister. Die Sonne erhitzte mir die Stirn, und meine
Gedanken kreisten immerfort um ganz nebensächliche Dinge,
als wollten sie sich auf gar keinen Fall mit dem bevorstehenden
Treffen abgeben. Schliesslich kam der Wächter und führte mich
an die braune Tür. Er klopfte kurz, und ich konnte eintreten. Ich
habe die Szene jener ersten Begegnung heute noch so klar vor
Augen, dass ich sie wiedergeben kann, als hätte sie sich gerade
erst abgespielt:

Der Meister sitzt an einem kleinen runden Tisch, eingehüllt in
einen braunen Wollponcho, den er trug, so weit ich mich zurück
erinnern kann. Auf dem hellen Tischtuch stehen eine Teekanne
mit Blumenmustern aus lindengrünem Porzellan und zwei dazu
passende Schalen. In der Hand hält er eine gestopfte Pfeife, aber
sie brennt nicht, denn im Zimmer ist kein Rauch. Durch ein
Fenster scheint die Sonne auf ein gerahmtes Foto an der Wand.
Es zeigt den Meister mit langem Bart in einem weiten indischen
Gewand. Er hat einem strahlenden dunkelhäutigen Jungen die
Hand auf die Schulter gelegt. Das Foto ruft die Idee von väter-
licher Anteilnahme herauf. Ich stehe am Tisch, die Hände vor
dem Bauch, den Blick auf das grüne Tischtuch gerichtet, und
warte. Der Meister drückt mit dem Daumen den Tabak im Pfei-
fenkopf fest. Dann gibt er mir das Zeichen, zu sprechen. Ich bin
aufgeregt und falle in die Rolle des Schauspielers, der vorspricht.
Ich rede mich in Etwas hinein, das ich nicht stoppen kann. Nicht
ich bin es, der spricht, die Worte sprudeln aus mir heraus wie
Brunnenwasser aus der Röhre. Ich höre mir erstaunt und, an dieses seltsame Gefühl erinnere ich mich gut, beinahe distanziert zu,
als hätte ich Angst, die emsige Bewegung der Lippen zu stören.
Sie erzählen mein Theaterleben, prahlen mit Erfolgen, prahlen
mit Erfahrung und verstreuen wohlklingende Namen von frem-

den Ländern und von Völker mit seltenen Riten. Mit Beschämung erinnere ich mich heute daran, wie ich gerade dabei war, meine Erfahrung der Trance im Maskentanz der Moissi auszuschmücken, als er plötzlich unterbricht.

„Welche Moissi?" fragt er.

Ich bin verdutzt und komme ins Stocken.

„Welches Dorf? Welche Maskenfamilie?" hilft er nach.

Und ich weiss es nicht! Nur der Name von Jules kommt mir in den Sinn, meinem damaligen Führer. Es geschah in seinem Dorf, aber wie seine Familie hiess oder wie das Dorf, es fällt mir nicht mehr ein. Stattdessen fahre ich töricht fort, ich hätte damals die Sprache der Masken wie im Traum verstanden. Er hört zu, als würde er nicht mir, dem Schauspieler, zuhören, sondern jemandem, der sich hinter dem Schauspieler verschanzt, als horche er meine Erzählung ab auf etwas, von dem ich selber nichts weiss. In seiner Gegenwart fühle ich mich plötzlich leer, wie tot. Er ist der Fuchs und ich die schnatternde Gans. Mitten in meinen Wortschwall hinein sagt er: „Sie wissen, dass wir keine Schüler aufnehmen? Weshalb sind sie hier?"

Könnte ich heute die Antwort geben, die Kaspar damals nicht fand? Ich weiss es nicht. Damals sagte ich, ich könnte meinen Schauspielerberuf nicht länger ausüben; damals sagte ich, wozu soll man das Leben widerspiegeln, man muss es erschaffen; damals sagte ich, ich möchte leben und aus meinem Leben das Abenteuer machen, von dem ich als Kind träumte; damals stiess ich hervor, weg mit dem Theaterberuf, der mir die Unmittelbarkeit des Daseins versagt hat, ich will das Leben ans Leben verwenden! Ich erinnere mich an seinen geduldigen Blick, wie er auf das Ende der langen Antwort wartet. Er lächelt, aber sagt dann mit Nachsicht, wie man zu einem begabten, eigensinnigen Kind spricht: „Ihre Hilflosigkeit ist einstudierte Bequemlichkeit. Sie erwarten von mir Heilung. Das ist verständlich. Aber wer gibt ihnen das Recht, Etwas von mir zu erwarten?" Er lächelt nicht mehr als er hinzufügt: „Ich kann sie nicht unterrichten. Sie sind zu alt." Und da ich dumm vor ihm stehen bleibe, sieht er auf die Uhr. Endlich verstehe ich. Ich verbeuge mich und schliesse die Tür hinter mir. Ich gehe hinab an den See. Aus dem dunklen Wasser starrt mich mein Spiegelbild an. Ich nehme einen Stein und werfe ihn mitten hinein.

Als ich in der Dunkelheit zum Haus zurück kam, stand Klara am Tor. Wenn ich an Klara denke, wird mir wieder bewusst, dass ich ohne sie jetzt nicht hier sitzen und schreiben würde. Ohne sie hätte ich den Weg nicht gefunden. Sie nahm mich an der Hand wie ein Engel den aus dem Paradies Vertriebenen. Soll ich ihr dafür dankbar sein? Ohne Klara wäre ich vielleicht in die Stadt zurückgekehrt und hätte meinen Schauspielerberuf wieder aufgenommen. Aber was soll das Wennen und Wären. Als ich damals in den dunklen Hof stolperte, war ich müde, verzweifelt und leer, und sie sprach mich an. „Ich bin Klara" sagte sie, „heute Nacht arbeiten wir zusammen. Stell dich hinter mir auf. Streck den Arm aus, dass deine Fingerspitzen meine Schulter berühren. Halte diesen Abstand genau ein, was immer geschieht. Das ist das Wichtigste. Wenn ich stehen bleibe, bleibst du auch stehen. Wenn ich mich drehe, drehst du dich auch. Achte beim Gehen auf den Atem, und wie er sich mit der Bewegung verändert. Schau nicht auf den Boden. Deine Füsse haben Augen und können sehen. Sie brauchen deine Hilfe nicht."
Das war Klaras Art, etwas einzuleiten: Kein Wort zuviel, keine langen Erklärungen. Sie stellte sich vor mir auf, und ich mass den Abstand mit dem ausgestreckten Arm ab. Ich war so über-rumpelt, dass ich zu allem bereit war. Eine ganze Weile standen wir hintereinander einfach so da. Ich hörte, wie der Wind um das Haus strich. Der Hof wurde weit und der Himmel war

ungeheuer hoch. Doch in dem Augenblick, als ich mich gerade dem süssen Gefühl von Grenzenlosigkeit hingeben wollte, ging sie los. Ich stürzte ihr nach und stellte den Abstand wieder her. Wir gingen auf einem schmalen Weg bergan. Klara verliess den Weg und schlug einen steilen Wildpfad durch den Nadelwald ein. Es war dunkel und ich stolperte über Steine und Wurzeln, aber ich zwang mich, nicht auf den Boden zu schauen und setzte alle Kraft ein, um den Abstand zu halten. Klara bewegte sich leicht und geschmeidig. Dornen zerrten an Hemd und Haut, aber das zählte nicht, was zählte, war einzig der Abstand. Ich folgte Klaras Körper wie sein Schatten. Da war kein Gedanke, da war nackter, blinder Reflex. Das Gespräch mit dem Meister war vergessen. Mein Körper ahnte Klaras Bewegung allmählich im Voraus. Der Gang wurde mehr und mehr zu einem bedingungslosen, beinahe rituellen Spiel. Es war ein Spiel ohne Worte, das Tun war das Wort. Klara sagte vor und ich sprach nach, aber zwischen Vorsagen und Nachsprechen verging keine Zeit. Mir war, als würde ich fliegen. Ich flog mit Klara in einer heftigen Erregung von Hingebung und Vertrauen durch die Nacht. Ich hatte keinen Körper mehr, ich war Körper. Ich sprang wie ein Tier und hielt im Sprung den Abstand. Ich knurrte beim Absprung und fauchte bei der Landung, aber ich zögerte nicht. Nicht zu zögern war das erste Gebot, das ich in jener Nacht sofort verstand. Wir krochen auf Händen und Füssen unter Ranken und Buschwerk durch und rollten im wilden Gras über Steine, Zweige und Wurzeln. Mein Körper war weich und passte sich dem Gelände an. Ich war Kind, ich war Tier, ich war im Hier und Jetzt. Für ein Davor und ein Danach war kein Platz. Oben auf der Alp blieb Klara stehen, eine winzige dunkle Figur unter dem gewaltigen schwarzen Himmel. Wir standen und lauschten. Das Animalische der Jagd machte einem Gefühl von Erhabenheit Platz. Ich erlebte diesen Moment wie eine Geburt. Dann begann Klara, sich langsam um sich selber zu drehen. Ich tat es ihr nach und drehte mich im Gleichklang mit. Wir waren zwei Räder an einer grossen Uhr, und um uns rauschte der Wind. Als wir in den Garten zurück-kehrten, färbte sich der Himmel im Osten bereits rot. Klara ging zum Abschluss einen weiten Kreis. Das dunkle Haus, der Garten im ersten roten Morgenlicht und dieses langsame Gehen im Kreis nahmen den Ausdruck von etwas Endgültigem an, als gerinne etwas Flüssiges unwiderruflich in eine feste Form. Zuletzt ging Klara beinahe in Zeitlupe. Der Kreis zog sich zusammen, wurde zur Spirale und schnürte sich zur Mitte hin ein. Kurz bevor der Abstand brechen musste, blieb Klara stehen. Wir standen Schulter an Schulter, so nahe, dass ich ihren Herzschlag spürte. Der Geruch von Schweiss mischte sich mit dem Geruch von Gras.

Die Erinnerung an die darauf folgenden Tage ist wie ausge-löscht. Ich muss sie in einer Art Wachtraum verbracht haben bis zu jenem Sonntagmorgen, als ich wieder vor dem Meister stand. „Klara ist bereit, mit Ihnen zu arbeiten", sagte er lakonisch. „Sie tut das gegen meinen Rat. Überlegen Sie also gut, ob Sie das wirklich wollen. Hier müssen sie noch einmal ganz von vorn anfangen. Wollen Sie das?"
Ich überlegte nicht lange. Ich sagte verloren, atemlos „Ja, ich will." Und: „Ich danke Ihnen".
Er machte nur: „Hm".

Heute sehe ich, wie voreilig es war, den Rat des Alten in den Wind zu schlagen. Wie viele spätere Zweifel wären mir erspart geblieben, hätte ich damals nur einen Augenblick nachgedacht. Aber ich musste den Entschlossenen mimen. Oder hatte sich Kaspar ganz einfach ein wenig in Klara verliebt?
Nach dem Gespräch erwartete mich der Wächter in der Küche. An das, was dann geschah, kann ich mich nur verschwommen

erinnern. Es war wohl eine Prüfung nach Art des Wächters. Polnischer Wodka, der mit dem Bisongras! Als ich aufstehen wollte, gaben die Beine unter mir nach. Wie ich in ein Bett kam, keine Ahnung. Aber in jener Nacht begann der grosse Regen, und an diesen Regen erinnere ich mich gut. Es regnete zwei Tage und zwei Nächte in einem fort. Das Wasser rann in Bächen vom Fenster auf den Küchenboden, bildete Lachen und lief in einem kleinen Seen zusammen. Die Landschaft löste sich im grauen Wasservorhang auf. Dann hörte der Regen so abrupt auf, wie er gekommen war. Es war kalt und es ging ein frischer Wind. „Der Regengott hat für dich gesprochen", eröffnete mir der Wächter, „der Meister nimmt dich in die Alte Schule auf. Ich zeig dir dein Zimmer. Bettzeug ist im Schrank. Wir essen um acht."

Mein Zimmer! Ich drehte den Schalter aus Bakelit. Eine nackte Glühbirne unter einem Lampenschirm aus grünem Blech beleuchtete Wänden von einem undefinierbaren Gelb, einen abgetretenen Holzboden, einen Schrank, ein Bett, einen Tisch und einen Stuhl. Als ich das Fenster aufstiess, begrüsste mich eine grüne Baumkrone. Ihre Zweige hoben und senkten sich wie samtgrün gefiederte Arme. Unter dem Baum träumte ein Stück Garten. Der Blick ging über Hecken und Wälder auf eine Bergkuppe am Horizont. Die Luft roch würzig nach Wald. Ich wollte auf die Knie fallen vor Glück, aber der Boden war staubig. Erst als ich auf dem Bett lag und spürte, wie die Kälte aus der feuchten Rosshaarmatratze mir in die Knochen kroch, wurde mir bewusst, welche Entscheidung ich getroffen hatte, und plötzlich erschien sie mir übereilt. Ich drehte den Schalter und lag im Dunkeln. Es wurde Herbst und die Nacht fiel früh.

Wir assen zu zweit am langen Küchentisch. Der Wächter sprach während des Essens kein Wort. Auch ich hielt den Mund. Ich hatte dieses halb schüchterne, halb verwegene Schweigen bereits ein wenig lieb gewonnen. Nach dem Essen spülte der Wächter seine Essschale mit einem Schluck Tee, rieb sie mit Brot aus, trocknete sie mit der Serviette, faltete die Serviette über das Besteck und stellte alles an seinen festen Platz im Regal. So einfach ist das Leben hier, dachte ich, zumindest handelt der Wächter sehr bewusst. Was er tut, mag mir fremd erscheinen, aber dass er sorgfältiger handelt als ich, kann ich nicht bestreiten. Nach dem Essen ging ich hinaus in den Garten. Seit langer, langer Zeit empfand ich das erste Mal einen schwerelosen Moment des Glücks.

Die folgenden Tage kam ich offensichtlich nicht zum Schreiben, und so fehlen mir heute verlässliche Angaben. Der so genannte Unterricht aber begann sicher damit, dass der Wächter mir allerlei Arbeiten auftrug. Ich sägte und spaltete Holz und schichtete es im Schuppen auf. Zusammen mit dem Wächter hängte ich die Fensterläden aus, legte sie auf Böcke und strich sie mit Öl ein. An einem Tag pflückte ich Äpfel und Birnen und lagerte sie auf Hurden im Keller ein, an einem anderen sammelte ich sackweise Haselnüsse und Baumnüsse. Einmal musste ich ein Abfluss-rohr freischaufeln, das der Regen mit Sand und Schlamm zugeschwemmt hatte. Meist war ich am Abend so erschöpft, dass ich mich kaum mehr ins Haus schleppen konnte. Meine Hände brannten und das Kreuz tat mir weh. Vor Müdigkeit mochte ich kaum mehr essen. Am Morgen war ich oft wie zerschlagen von den ungewohnten Anstrengungen. Eine stumme Wut kochte allmählich in mir hoch. Ich hatte das Gefühl, nichts Besseres zu sein als eine billige Arbeitskraft. Aber eine innere Stimme hielt mich davor zurück, mich laut zu beklagen. Heute weiss ich, dass jene Arbeiten eine knappe Einführung waren in die unbedingte Bereitschaft, welche die Alte Schule von mir fordern würde. Es dämmerte mir, dass der Alltag hier eine Übung war, die beim

Ausschaufeln eines stinkenden Abflussrohrs die gleiche Sorgfalt verlangte wie bei der kunstvollen Kleinen Verbeugung. Allmählich gewöhnte sich mein Körper an die neue Arbeit und sie ging mir leichter von der Hand. Immerhin hatte ich ein Zimmer mit Aussicht und konnte am Abend im Garten sitzen oder durch die grünen Wälder streifen. Am freien Sonntag lag ich am See, beobachtete die stille Bewegung des Wassers, welche die Fische in der Tiefe auf die Seeoberfläche zauberten und glaubte, den Ruf von etwas zu spüren, das tief in mir schlummerte und erwachen wollte.

Zum Abendessen gab es meist Reis mit Gemüse. „Du musst fünfzig Mal kauen", sagte der Wächter und machte es mir vor. Es war ein dummer Anblick, aber ich tat es ihm nach. „Wann werde ich meine Mitschüler kennen lernen?" fragte ich ihn. „Früh genug", gab er zurück, „sei nicht so neugierig. Entschliesse dich, mit der Arbeit an dir selbst zu beginnen, dann hat der Unterricht angefangen." „Und, was muss ich tun?", fragte ich halb im Scherz, halb im Zorn. „Das musst du selber finden", brummte er, „aber fang an. Du hast ab morgen die Nachmittage dafür frei."

Meine Handlung an jenem unvergesslichen Nachmittag war ganz einfach, aber von heute gesehen war sie mein erster Schritt auf dem weiten Weg, der mich später in die Wildnis und zuletzt zum Körper des Jägers führen sollte. Ich erkletterte einen Baum! Diesen Baum zu finden dauerte drei Tage. Ich wusste ja nicht, dass ich einen Baum suchte, ich ging durch den Wald wie ein Spürhund und spähte nach einem Zeichen, das mir die Arbeit-an-mir-selbst ankündigen würde. Am Anfang erschreckte mich diese Freiheit. Bisher hatte es immer jemanden gegeben, der mir sagte, was zu tun war. Aber jetzt stand ich ganz allein mit einer mir undurchsichtigen Aufgabe, deren Ziel ich nicht kannte. Heute weiss ich, dass jene leere Freiheit, und Freiheit ist immer leer, die

Voraussetzung war, um meinen ersten eigenen Schritt zu tun. Ich spürte, ich hatte zum ersten Mal in meinem Leben Zeit! Ich war, wie die Kinder auf der Strasse in Island, auf dem Weg und probierte mich aus. Ich streifte kreuz und quer durch den Wald und versuchte, jene Haltung zu finden, die ich beim Reiskauen gespürt hatte. Am dritten Tag legte ich plötzlich und ohne einen Gedanken meine Kleider ab, hängte sie über einen Ast und ging nackt weiter. Dieses Ablegen der Kleider, das den Kindern so gut gefällt, erkenne ich heute als meine erste entscheidende Tat. Ich kann darüber lachen heute, aber ich kann auch weinen. Denn ich hatte dabei nicht nur die Gleichzeitigkeit von Impuls und Ausführung erfahren, die später so wichtig werden sollte und so schwer zu erreichen ist, sondern, und das ist vielleicht das Wichtigste, ich war dem Wesen begegnet, das unerkannt in mir gelebt hatte und wild geblieben war. Im Ablegen der Kleider rührte es sich zum ersten Mal.

Mein Körper war ungeheuer bleich im farbigen Wald und fühlte sich auffällig zart und verletzlich an. Ich bewegte mich ganz langsam und vorsichtig vorwärts. Ich unternahm behutsam jene ersten Schritte, die mir der Wächter im Garten beizubringen versucht hatte. Der Boden wurde lebendig, er stach und kitzelte und streichelte mich. Mir war, als ginge ich auf dem Fell eines schlafenden Tieres, das jederzeit aufwachen konnte. Das Fell war an einigen Stellen trocken und warm, an anderen kalt und hart. Wie wunderbar, dachte ich, ich gehe! Was mir aber noch heute seltsam und unerklärlich erscheint: Obwohl weit und breit kein menschliches Wesen war, schämte ich mich in meiner Nacktheit. Ich musste mich richtiggehend überwinden, mich aus der Sichtweite meiner Kleider zu entfernen. Die Bäume hatten Augen und schauten mich in meiner Blösse an. Die Vögel lachten mich aus. Ich machte mich ganz klein, um mein Geschlecht zu verdecken, aber der Wald griff nach mir und berührte jede Nische meines Leibes. Und wie die Scham mich am Anfang vom Wald getrennt hatte, so verschmolz die Nacktheit mich jetzt mit ihm. Jede Bewegung war Berührung, und das Berühren und berührt werden hatte keine Grenzen. Die Scham fiel von mir ab wie ein geborgtes Kostüm, wie eine Maske, die ihren Halt im Fleisch verloren hat und fällt. Der Wald war nicht zu täuschen, er erkannte mich als das, was ich war, ein Wesen aus Fleisch und Blut. Mein Schauspiel war zu Ende, und mit dem Fallen des Vorhangs fiel das stolze Theater der Kultur in einer mächtigen Staubwolke in sich zusammen. Ich hatte mit den Kleidern noch etwas anderes abgelegt. Wie ein Kind stand ich vor der Unschuld des Waldes und war ihr Gegenüber. In diesem Zustand fand ich meinen Baum.

Ich sage, mein Baum, wie der kleine Prinz sagt, mein Planet, weil ich ihn gefunden habe, weil ich ihn ausgewählt habe und weil ich ihn kennen und lieben gelernt habe. Ich begrüsste ihn mit Achtung, wenn ich kam, und verabschiedete mich mit Dank, wenn ich ging. Und er war gut zu mir.

Mein Baum, eine Eiche, hatte einen markigen Leib und Arme wie Sprossen. Ich zog mich auf den ersten Ast und kletterte vorsichtig höher. Mit jedem Ast gewann ich mehr Vertrauen in meine flinken, kräftigen Greifer. Die Freude an ihren neuen Fähigkeiten paarte sich mit dem Gefühl von etwas Animalischem, aber das Animalische schreckte mich nicht. Ich sass in der Krone und schaute ohne Schwindel hinab auf die Erde tief unter mir. Mein Gefühl von Sicherheit hatte sich vom festen Stand gelöst, eine Hand am Ast war so gut wie ein Fuss auf dem Boden. Der Baum trug mein Gewicht und ich fühlte mich leicht. Ich spürte die Kraft und Geschmeidigkeit meiner Glieder. Eine geheimnisvolle Instanz lenkte ihr Zusammenspiel. Dieses Tun war anders als alles, was ich mir bisher unter Arbeit vorgestellt hatte. In meinem luftigen Sitz hatte ich die überwältigende Empfindung, ich würde wahrhaftig fliegen. Ich flog, und obwohl ich damals wie heute wusste und weiss, dass der Mensch keine Flügel hat und also nicht fliegen kann, wiederhole ich, ich flog. Dieses Fliegen, erkannte ich später, ist nicht an eine äussere Bewegung gebunden, es ist ein Fliegen der inneren Bewegung, aber die innere Bewegung ist nicht weniger wirklich, nur weil man sie nicht sehen kann. Hoch oben in meiner Wohnung in den Lüften flog ich über den Wipfeln und der Wind kühlte mein heisses Gesicht. Und plötzlich hatte ich das Gefühl, im Ursprung zu sein. Ich spürte die Einheit der Dinge, die vor aller Trennung liegt. Ein uralter Körper war in mir erwacht und ich empfand, im Ur-Wald am Anfang der Menschengeschichte zu sein.

Ich frage mich heute, was der Wächter wohl von meinem Versuch hielt. Ich nehme an, er wusste, was ich tat. Er kannte den Wald und konnte ein Tier von weitem erkennen. Ich aber zweifelte damals keinen Augenblick daran, dass ich entdeckt hatte, etwas in meiner eigenen Art zu tun, und das freute mich so sehr, dass ich allein und ohne Lob weitermachen konnte.

In jener Zeit tauchte Benedikt auf und bezog das blaue Zimmer. Als ich ihn fragte, wie lange er schon an der Schule sei, antwortete er nur, du sollst hier drin nicht sprechen. Benedikt war furchtbar korrekt. Er war jünger als ich, aber auf mich wirkte er alt. Seine laubbraunen Augen hatten etwas Verletzliches, sein Haar war dick und fiel in Strähnen über seine abstehenden Ohren. Seine Stimme klang heiser wie eine alte Gebetsmühle. Ich weiss heute, ich ärgerte ihn damals mit meinen frechen voreiligen Fragen. Sein Hochmut war wohl seine Art, mit mir fertig zu werden.

Die Arbeit auf dem Baum zog weitere Versuche nach sich. Damals machte ich das erste Mal Bekanntschaft mit der Tatsache, dass ich meine Wahrnehmung verändern konnte, indem ich einen beliebigen Sinn aufdrehte oder zudrehte. Ich stopfte mir am Morgen Watte in die Augen und klebte sie mit Isolierband fest. Dann ging ich auf eine Reise durch das Haus und liess mich von den Dingen berühren. Ich war Körper und die Dinge waren Körper und die Körper berührten sich. Dann wieder stand ich ganz still und lauschte. Ich hörte das Haus und erkannte jedes Ding an seinem Klang. Die melodischen Stufen der Treppe waren meine Klaviatur. Und schliesslich begann ich zu riechen. Ich roch Benedikt und den Wächter und konnte sie orten, indem ich der Geruchsspur nachging.

Weder der Wächter noch Benedikt sprachen mich je auf meine Versuche mit dem Blindsein an. Es muss ihnen ganz selbstverständlich erschienen sein, dass ich in meiner Arbeit-an-mir-selbst begriffen war. Für dieses Verständnis war ich ihnen damals sehr dankbar. Wortlos waren sie zu meinen Weggefährten geworden und ich empfand es als wohltuend, über meine Arbeit nicht sprechen zu müssen. Heute weiss ich, wie wichtig es war, meinen ersten zaghaften Aufbruch vor Erklärungen zu schützen.

Mit meiner Augenbinde sass ich abends zu Tisch. Ich spürte Benedikt weich und warm zu meiner Rechten, und die knochige Gestalt des Wächters zu meiner Linken. Seine Hände rochen nach Kernseife. Noch heute ruft ihr selten gewordener, herber Geruch die Erinnerung an jene Abende am Küchentisch hervor. Wir waren einfach da und liessen uns dasein. Wir waren wie Brüder, die zusammen aufwachsen und die Spiele spielen, aus denen sich einst die Wirklichkeit zusammenfügen wird. An jenen Abenden wusste ich für die Zeit einer Sternschnuppe wie es ist, im Anfang zu sein.

Ich war so sehr in meine Blindenexistenz verliebt, dass ich beinahe übersah, dass ein neuer Mitschüler angekommen war. Heinz war ein hübscher, undisziplinierter Junge im zweiten Jahr und bewohnte das gelbe Zimmer. Er sprach mich oft mitten in meinem Blindsein an, und da ich ihm nie Antwort gab, schimpfte er mich einen fanatischen Dilettanten. Heinz träumte davon, Schauspieler zu werden, und wollte mit mir über das Theater sprechen. Seine Enttäuschung über meine Unwilligkeit war verständlich, und so liess ich es dabei bewenden.

Mehr als ein Monat war seit meiner Ankunft vergangen, als der Wächter uns an einem kalten grauen Samstagmorgen verkündete, morgen sei der erste Oktober, und am ersten Oktober würde das Schuljahr offiziell eröffnet. Zu diesem Ereignis putzten und schmückten wir das Haus, und während wir es putzten und schmückten, machten wir uns innerlich bereit. In der letzten Minute kam Rumpf dazu und schloss sich der Putzkolonne an. Rumpf war damals in seinem vierten Jahr. Er war immer etwas phlegmatisch und ich vergass ihn schon bald nach seinem Abgang aus der Schule. Am Nachmittag pflückten wir Gartenblumen und knüpften sie in lange Girlanden, die wir im Arbeitsraum ausspannten. Das ganze Haus roch nach Gras und Wald. Als alles getan war, versammelten wir uns in der Küche. Der Wächter gab die letzten Anweisungen zu dem bevorstehenden Ereignis. Wir assen schweigend. Ich empfand in der Stille eine gemeinsame Hingabe an etwas Grosses. Ich war an einer Sache beteiligt, an die ich in diesem Augenblick von ganzem Herzen glaubte und es schien mir, wir alle waren in einem Zustand der Gnade.

Ich erinnere mich noch heute mit Vergnügen an jeden ersten Oktober, an dem der Meister jeweils das neue Schuljahr eröffnete. Es war eine der wenigen Gelegenheiten, an denen wir ihn überhaupt sahen und sicher die einzige, wo er zu uns ausführlich über die Arbeit sprach. Aber erst im Lauf der Zeit konnte ich den inneren Zusammenhang seiner Gedanken allmählich verstehen. Zum Glück hatte ich an jenem ersten Oktober seine Worte so genau wie möglich festgehalten. Wir sassen auf unseren Wolldecken, die nach Lavendel und Mottenkugeln rochen, im frisch gebohnerten Arbeitsraum und warteten auf den Meister. Eine gedämpfte Herbstsonne warf helle Streifen auf das dunkle Holz. Eben noch hatte ich auf einer Bühne gestanden, dachte ich verwundert, und jetzt sitze ich im Kreise dieser Menschen hier und ein neuer Lebensabschnitt beginnt. Ich genoss die Stille der angespannten Erwartung, die schön auf den Gesichtern lag, selbst auf dem gefurchten Wildledergesicht des Wächters. Benedikt sass still in sich gekehrt, und sogar Heinz vergass, sich das pomadige Haar zu streichen. Der Meister trat ein. Ich höre noch heute das Geräusch seine Schritte auf dem Holz, leichte, gleitende Schritte, wie ich sie später im Nô-Theater erlebte. Er liess sich auf sein Kissen nieder und breitete seine Paraphernalia vor sich aus, die Pfeife und den Tabakbeutel. Er versuchte in keiner Weise, uns für sich zu gewinnen. Er sass auf der Strohmatte wie so viele Meister vor ihm, auf Tigerfellen oder auf Matten, auf Fels oder Sand oder Erde. Er lächelte nicht. Er beugte sich vor, als wollte er mit uns ein Geheimnis teilen. „Es war einmal", begann er leise:

„Es war einmal eine kleine Gruppe von Menschen. Sie waren von weit her gekommen, aus Städten und aus Dörfern, von den Schneefeldern der Berge und vom weiten Land der Ebenen. Sie kamen zusammen, um gemeinsam nach etwas zu suchen, was allein keiner finden konnte. Jeder von ihnen fühlte, dass er in einem Traum gefangen war, und hatte den heissen Wunsch, aus diesem Traum zu erwachen. Sie schworen, sich gegenseitig wach zu halten, sollte der Schlaf sie erneut übermannen. Sie sprachen von ihrem Vorhaben als von einem grossen Abenteuer. Es fiel ihnen schwer, in Worten zu sagen, was ihr Ziel war, nämlich, dass das, was sie wünschten, dass es ihnen geschähe, auch geschähe, und dass es Allen geschähe. Versuchten sie es dennoch, wurden sie belächelt. So lernten sie zu schweigen. Wie in den Zeiten der Pest zogen sie sich in ein verlassenes Kloster zurück.

Worum ging es diesen Menschen? Die Antwort könnte sein: Um das Leben. Wie kann ich leben? fragten sie sich. Das zu finden, erschien ihnen als eine würdige Aufgabe. Und die Linie zwischen dem, was Leben und dem, was Kunst heisst, wurde für sie immer feiner."

Der Meister hielt einen Augenblick inne und sah uns an.

„Heute glauben die Leute, dass jemand ein grosser Künstler sein kann, und gleichzeitig ein kleiner, egoistischer, gedankenloser Mensch. Sie verstehen nicht, dass die Kunst eines Menschen eng zusammenhängt mit der Art, wie er lebt. Wenn man sorgfältig in der Arbeit sein will, muss man auch sorgfältig im Leben sein. Um diesen einfachen Gedanken zu leben, wurde die Alte Schule gegründet. Als ich eintrat, war Old Man Coyote der Meister. Als er eines Tages plötzlich verschwand, übernahm ich die Leitung, bis er zurückkehren würde. Er ist nie zurückgekehrt. Seither leite ich die Alte Schule."

Seine Hand machte eine Bewegung, als fahre sie in der Luft der Gestalt eines noch unausgesprochenen Gedanken nach. Dann fuhr er fort:

„Old Man Coyote hatte mich im Lauf der Jahre mehr und mehr in seine Forschungen eingeweiht. Wir sind dabei zu bestimmten Ergebnissen gelangt. Diese können nur in der Praxis weitergegeben werden. Deshalb ist die erste Regel, dass ihr nicht über die Arbeit sprechen sollt. Es ist allein meine Sache, über die Arbeit zu sprechen, und ich bestimme, wann die Zeit dazu reif ist. Das ist eine unverzichtbare Regel, deren Sinn euch klar sein muss. Alle weiteren Regeln wird Klara euch bekannt geben, wenn es an der Zeit ist. Sie sind dazu da, die Arbeit zu ermöglichen und zu schützen. Es ist wichtig, dass ihr das versteht.

Und worin besteht die Arbeit?

Die Alte Schule geht davon aus, dass bestimmte Arten, zu denken und zu fühlen, unauflöslich verknüpft sind mit bestimmten Bewegungen und Körperhaltungen. Old Man Coyote glaubte, dass der Versuch, neue Gedanken und Gefühle zu erzeugen, mit Veränderungen im Bewegungszentrum beginnen muss. Wenn ein Mensch sich entscheidet, für die Freiheit des Geistes zu kämpfen, sagte er, dann muss er zuallererst mit seinem Körper kämpfen. Der Alte dachte, dass das Bewusstsein selber nur ein Verhältnis oder eine Beziehung zwischen den Sinneskomponenten der Erfahrung ist, und nicht etwas, was danach hinzukam. Die bewusste Veränderung dieses Gleichgewichts der Sinne, und damit der Erfahrung, war das Ziel unserer Arbeit. Ganz zuletzt suchte der Alte nach einem Weg, um die Erfahrungen vergangener Epochen in seinem Körper wieder zu erwecken. Er nannte das die Archäologie des Körperwissens. In unseren jungen Körpern wohne ein sehr alter Körper, sagte er, und die Erinnerungen dieses alten Körpers gingen zurück bis in die Anfänge der Menschheitsgeschichte, zehntausende von Jahren zurück, zurück bis in die Zeit der frühen Jäger und Sammler. Wir können sie in uns wieder finden, sagte er, der alte Körper in uns kann sich erinnern. Wir müssen ihn nur erwecken. Diese Arbeit führe ich hier mit ihnen weiter. Hier sind sie gleichzeitig Jäger und Wild. Aber vergessen sie bitte nie, dass sie hierher gekommen sind, um zu lernen. Es ist meine Sache, Kritik zu üben, nicht ihre. Sie müssen verstehen, weshalb diese Unterordnung wichtig ist. Sie müssen lernen, ungefragt zu gehorchen. Dieses Opfer ist notwendig. Wenn nichts geopfert wird, dann wird nichts erhalten."

Der Meister hielt inne. Kein Geräusch war zu hören, selbst die Vögel hatten ihr Pfeifkonzert eingestellt. Es war dunkel geworden. Der Wächter stand auf und entzündete die Dochte der Öllampe mit einem langen Streichholz. Dann stand Klara auf. Sie stellte sich in die Mitte des Raumes und sah zu den Flammen, als erwarte sie von ihnen ein Zeichen. Ihr Körper war unruhig wie der einer Raubkatze im Zirkus, wenn sie durchs Feuer springen soll. Es war deutlich, dass das Sprechen ihr feindselig gegenüberstand. Und während sie noch nach dem ersten Wort suchte, hatte sie bereits alles gesagt: Dass über die Sache, über die sie gleich sprechen werde, im Grunde nicht zu sprechen sei, und dass es nie wieder vorkommen werde, dass sie darüber spreche.

„Wissen ist eine Sache des Tun", begann sie. „Das Einzige, was ihr am Anfang tun könnt, ist, die Regeln einzuhalten. Ich bin dazu da, euch das beizubringen. Alles andere müsst ihr selber finden. Die Regeln sind eure erste Hilfe, das zu vermeiden, was die Arbeit behindern kann. Sie zwingen euch, euch so zu verhalten, als würdet ihr gewisse Dinge bereits verstehen, die ihr noch gar nicht verstehen könnt. Am Anfang der Arbeit wisst ihr gar nichts. Ihr wisst nichts und versteht nichts. Deshalb ist die strenge Einhaltung der Regeln unverzichtbar."

Klara hielt inne. Ihre Nasenflügel kämpften mit den Mundwinkeln im Gefühl, bereits zu viel gesagt zu haben. Im flackernden Licht der Lampen warf ihr Körper lange Schatten. Mit leiser Stimme fuhr sie fort:

„In unserer gemeinsamen Arbeit werden wir versuchen, eine Ebene zu berühren, die vor den Unterschieden liegt. Wir werden versuchen, Beginnende zu sein. Am Beginn zu sein ist etwas, was man tut. Ein Kind lebt am Beginn. Für ein Kind ist alles, was es tut, das erste Mal. Der Wald, den es betritt, ist der erste Wald. Für uns mit unseren Prägungen ist jeder Wald derselbe Wald, und wir sagen, das ist ein Wald. Aber der Wald ist lebendig und verändert sich ständig. Wenn wir etwas tun, denken wir daran als an etwas, was bereits geschehen ist, oder träumen davon als von etwas, was erst geschehen wird. Wir befinden uns ständig zwischen Vergangenheit und Zukunft. Aber am Beginn sein bedeutet, Hier und Jetzt sein. In meiner Arbeit suche ich ein Selbstverständnis des Handelns, das den Kräften der Natur gleicht. Der Beginnende ist vor den Unterschieden. Uns diesem Punkt des Beginnens zu nähern, ist das Ziel der Arbeit im kommenden Jahr."

Der Meister lächelt uns aus seinem krautigen Bartgewächs aufmunternd zu, beugte sich ein wenig vor und fügte leise hinzu: „Man muss uralt sein, um das zu verstehen, uralt wie Old Man Coyote, uralt wie ich. Ich bin so alt, dass ich weiss, was vor dem Danach war, und was nach dem Davor! Die Schule ist eröffnet."

Alle lachten, sogar der Wächter krümmte seinen Schnabel zu einem Schmunzeln. Der Meister hatte uns gewarnt.

Ich blieb noch lange allein im dunklen Raum sitzen. Mein Kopf brummte. Mir war, als schwebten Worte aus alter Zeit im Raum, und von der Flamme der Lampe stieg der Rauch ganz alttestamentarisch auf.

DAS LAUFEN

Am nächsten Tag begann Klaras Unterricht. Wir stellten uns im Hof in einer Reihe auf, der Kleinste vorn, der Längste hinten, und nahmen eine Armlänge Abstand. Klara stellte sich an die Spitze und der schlacksige Rumpf machte den Schluss. Dann liefen wir los.

Jeder Tag bestand damals aus *Laufen*, unabhängig von Wetter und innerer Erwartung. Einen anderen Unterricht gab es nicht. Es gab Ausnahmen: Wochenlang waren wir am Tag gelaufen, und plötzlich änderte Klara die Zeiten, und wir liefen in der Nacht. Wir wussten nie im Voraus, wann das Laufen begann. Klara rief, „Um sechs Uhr Laufen!", und um sechs Uhr lief sie los. Da hiess es, allzeit bereit zu sein. Klara schaute oft zum Himmel, als würde sie dort den richtigen Zeitpunkt ablesen, eine Sache zu beginnen oder zu beenden. Sie wusste, wann die Sonne aufging und wann sie unterging. Sie kannte den Zyklus des Mondes und wusste, wo jedes Sternbild am Nachthimmel stand.

Heute erkenne ich, dass jene schnelle, katzengleiche Bereitschaft, die ich mir damals erwarb und nie wieder verlieren sollte, eine erste lebenswichtige Voraussetzung war auf dem Weg, den ich eingeschlagen hatte. Aber damals hatte ich dieses allzeit Bereitsein und das endlose Laufen bald gründlich satt. Ich sah nicht, wozu eine Arbeit gut sein konnte, die aus nichts als Laufen bestand. Sicher, manchmal erlebte ich Momente des Glücks beim Dahinfliegen über die taufrische Erde. Aber dass wir bei Wetter laufen mussten, in das ich keinen Hund hätte hinausjagen wollen, erinnerte mich unangenehm an das Militär. Ich erinnere mich an den Tag, als ich auf dem glitschigen Boden ausrutschte und plötzlich auf dem Hintern im Schlamm sass. Ein uralter Reflex hatte den Fall aufgefangen und ich tat mir nicht weh. Mein Körper hatte für mich gearbeitet. Aber was schmerzte, war die Scham über die Ohnmacht des Willens. Er nahm die Handlung meines Körpers wie die eines Fremden wahr. Ich hatte meinen Körper zum ersten Mal als meinen Verbündeten erlebt. Oft liefen wir lang und weit über die Hügel, oft nur kurz aber sehr schnell. Oft wechselte Klara den Rhythmus, oft hielt sie ihn aufreibend konstant. Jeder hatte seinen Lieblingsrhythmus, der mit dem Körperbau zusammenhing, und der meinige wurde mir damals zum ersten Mal als breit und schwer bewusst. Oft liefen wir auf den Ballen, oder auf den Fersen, oder auf Zehenspitzen.

Wir liefen geradeaus oder in Schlangenlinie, im Wald oder querfeldein, bei Tag oder bei Nacht. Manchmal löste Klara mit einem Zeichen die Laufordnung auf. Dann liess ich meinen Beinen freien Lauf und stürmte voran. In der ersten Zeit wählte Klara immer neue Strecken, wohl um unsere Aufmerksamkeit wach zu halten. Bei eintönigen Rhythmen verfiel ich leicht in eine Art dumpfe Trance, ohne mir dessen bewusst zu sein. Klara forderte Aufmerksamkeit in jedem Augenblick. Sogar beim Gurkenschneiden in der Küche konnte sie plötzlich hinter mir auftauchen, mir das Messer aus der Hand nehmen und mir zeigen, was Sorgfalt beim Gurkenschneiden heisst.

Oft schaltete Klara ganz plötzlich um ins Rückwärtslaufen, und wir mussten uns blitzschnell anpassen. Beim ersten Mal stolperte ich über meine eigenen Füsse und wäre beinahe hingefallen, aber später fand ich Spass am Rückwärtslaufen und lernte, mich auf Überraschungen einzustellen. Auf den letzten paar hundert Metern vor dem Haus liess uns Klara immer freien Lauf. Wir rannten um die Wette, wer als erster im Hof war. Benedikt war schon damals nicht besonders schnell, dazu war er einfach zu rund. Der Wächter lief als der Älteste seinen eigenen Stil, aber er kam selten als Letzter an. Klara konnte laufen wie ein Reh, wenn ihr danach war, aber sie tat es selten und liess meist Rumpf oder mich gewinnen. Beim Laufen gingen mir damals tausenderlei Gedanken durch den Kopf. „Kaspar, du trampelst", sagte Klara dann, „dein Blick klebt am Boden. Das ist nicht Laufen. Schlaf nicht. Lauf jedes Mal wie zum ersten Mal."

Ich erinnere mich an den Tag, als ich leer und stumpf im öden Regen lief. Ich gehöre nicht zu den Menschen, die bei jedem Tropfen den Regenschirm aufspannen, aber an jenem Tag hielt ich den Kopf trostlos zum Boden gesenkt, von dem bei jedem Schritt der Schlamm aufspritzte. Wir liefen das Waldstück hinab an den See. Plötzlich sah ich überrascht auf. Der See lag im Morgennebel da wie das Auge eines Riesen. Die Regentropfen schlugen auf dem Wasserspiegel auf und punktierten die glänzende Linse. Das Auge war offen und lag doch wie im Schlaf. Brahma's Auge, durchfuhr es mich, und für einen Augenblick sah ich den See wie zum ersten Mal. Der Regen in meinem Mund schmeckte plötzlich engelhaft weich. Eine Empfindung von Glückseligkeit durchströmte mich, da zu sein, in diesem Regen, hier an diesem See, genau zu der Zeit, da ein heller Lichtfleck auf dem Wasser tanzte. Meine Gedanken standen still und mit ihnen das Gefühl für die Zeit. Meine kleine Welt war im Gleichgewicht mit der grossen, und in dieser Einheit war ich nicht mehr allein.

So verbanden sich neue Sinneseindrücke mit dem laufenden Körper. Es ist also wahr, dachte ich, das Laufen verändert meine Wahrnehmung der Beziehung zwischen mir und den Dingen! Ich habe noch heute Schwierigkeiten, davon zu sprechen. Worte können Erfahrungen zerstören, selbst heute noch, selbst am Ende des Weges. Wenn ich von dem inneren Erleben berichten will, wird die Sprache zu einer Gewalt, die mich von der Erfahrung trennt und diese mir förmlich entziehen kann. Wenn ich trotzdem in meinem Bericht fortfahre, dann aus der Gewissheit, dass ich mich nicht ängstigen muss, das zu verlieren, was ich erfahren habe, denn wie könnte ich Erfahrungen verlieren, die in mir sind. Ich schreibe ja, weil ich verstehen möchte, was mit mir geschah, bevor es dazu zu spät ist.

Klara enthielt sich damals jeder Erklärung, so als bräuchte jeder seine eigene Zeit um allmählich zu begreifen, was das Ziel der Reise war. „Es ist ganz bestimmt nichts Geheimnisvolles dabei", lächelte sie einmal, „ihr müsst nur lernen, zu verlernen." Ich hatte vom Wächter gelernt, nicht nachzufragen. Als ich es trotzdem einmal tat (worum es dabei wohl ging?), schaute Klara mich ärgerlich an, zog die Stirn zusammen, senkte den Kopf und biss sich auf die Lippen. Das war ihre Art von Antwort. Am Abend erzählte mir Benedikt: „Ich habe Klara einmal gefragt: Worum geht es eigentlich in dieser Übung? Klara hat mir einen Stock gezeigt: Worum geht es diesem Stock? Ich konnte es nicht sagen", lachte Benedikt, „und da hat der Stock mich geschlagen!" Ich lachte halbherzig mit. Wer fragt, bekommt es zu spüren: Das war Klara's Art des Unterrichts.

Ich hatte damals Angst, den Ast abzusägen, auf dem ich mit meiner Vernunft hockte, und so fiel es mir schwer, nicht nachzufragen. Ich dachte, wenn ich darüber nur sprechen könnte, würde ich bestimmt besser verstehen, was mir widerfährt. Heute sehe ich, dass das ein Trugschluss war, aber damals hatte ich das unwiderstehliche Bedürfnis, meine Erfahrungen mitzuteilen. Dafür fand ich bei Benedikt wenig Verständnis. So lernte ich allmählich zu schweigen und allein mit mir ins Reine zu kommen. Wenn ich heute zurückschaue, sehe ich, dass es Klara im Laufen weder um die richtige Lauftechnik ging, die wir uns im Nachahmen von Klaras Stil allmählich erwarben, noch nur um Kondition. Es ging um etwas Einfacheres, um eine Grundhaltung für alle zukünftige Arbeit. Heute kann ich benennen, was ich in jenen ersten Wochen lernte. Es waren: Disziplin, Ausdauer und unbedingte Entschlossenheit.

Gerade als ich mich damit abzufinden begann, dass der Unterricht nur aus Laufen bestand, führte Klara uns auf den Lammrücken. Der Lammrücken war ein markanter Hügel, den ich von meinem Zimmerfenster sah und der wie ein riesiges, grün gefärbtes Osterei vor dem Bergzug im Süden lag. Am Abend, wenn die Sonne sich mit blauen Schattenstreifen aus dem Tal zurückzog, fing der Lammrücken noch lange ihr letztes Licht und leuchtete wie eine dem Meer entstiegene Insel über der dunklen Waldflanke auf.

Schon damals war mir aufgefallen dass Klara beim Laufen diesen Hügel mied. Ich hatte darüber nicht nachgedacht, denn Laufwege gab es viele, aber an jenem Nachmittag im Oktober, da wir zum ersten Mal die lang gezogene Flanke hochstiegen, zuerst über trockene Weiden, dann durch den Wald und zuletzt durch eine offene Mulde, in der sich Kuhtritte verliefen, hatte ich das Gefühl, einen ganz besonderen Ort zu betreten. Vielleicht lag es daran, dass Klara ganz langsam ging, beinahe andächtig, als wolle sie, dass wir jeden Tritt spürten und jede Pflanze rochen. Als wir aus der Mulde hinaustraten auf den Hügelrücken, öffnete sich in allen Richtungen ein überraschender Weitblick über Wälder, Wiesen und Hügel bis zu den fernen Schneebergen am Horizont. Klara aber schien es nicht um den Weitblick getan, sie hielt an und legte sich wortlos ins Gras. Wir taten es ihr nach. Ich lag ausgestreckt zwischen wilden Wiesenblumen und schaute hoch zum Himmel. Eine Zeitlang wartete ich gespannt was nun geschehen werde, aber allmählich wurde mir klar, dass dieses Liegen und in den Himmel Schauen im Augenblick meine einzige Aufgabe war. Ich spürte die Erde unter mir, hörte den Wind und hielt die Augen zum milchigen Himmel weit offen. Hoch über mir drehte ein Bussard unter einem kleinen Wolkenschaf seine Kreise. Es musste ein mächtiges Tier sein, ich konnte es an den Schwingen erkennen. Ich verlor mich in das Muster seiner Kreise, und dabei ging die Sonne unter. Als Klara plötzlich durch den Rand meines Gesichtfeldes ging, stand ich schnell auf, fügte mich der Reihe ein, und wir gingen schweigend zurück zum Haus.

Diese Art Einführung in eine ganz neue Arbeit verblüfft mich noch heute. Ohne vorbereitende Erklärungen hatte Klara uns in

Erfahrung gebracht, dass es von nun an gelten würde, die Welt aus dem Blick des Bussards zu sehen. Dazu diente die einfachste aller Übungen, welche die Alte Schule hervorgebracht hat. Sie heisst der *Adlerblick*. Der Name lässt mich noch heute schmunzeln denn jeder stellt sich den Blick des Adlers als besonders scharf, als eines Meisterschützen würdig vor, während wir damals erfahren konnten, dass genau das Gegenteil der Fall war.

Wir gingen im langsamen Schritt auf den Hügel, stellten uns in einer weiten Reihe auf und richteten die Augen auf den Horizont. Dann hoben wir die Hände seitlich zum Kopf und weiteten den Blick, bis wir gleichzeitig beide Hände an den Rändern des Blickfeldes sehen konnten. In dem Masse, wie der scharfe Fokus im Rundblick verschwamm, krümmte sich der Horizont zu einem Breitwand-Panorama. Ein ganz neues Raumgefühl stellte sich ein. Jetzt galt es nur noch, die Hände wieder fallen zu lassen und diesen neuen Blick beizubehalten.

Noch heute stellt sich, wenn ich den Adlerblick einnehme, die Erinnerung an die Erschütterung wieder ein, die mich damals beim ersten Mal traf. Das hängt damit zusammen, dass ich in meinem Leben bis dahin gewohnt war, den Blick automatisch zu fokussieren. Mein Blick hatte sich aus dem Strom des Sichtbaren stets das herausgegriffen, was ihn anreizte und ihm vorrangig erschien, indem er es scharf stellte. Zu sehen, und *nicht* herauszugreifen, war erschütternd neu. Den Automatismus des Sehens zu durchbrechen, stellte meine scheinbar natürliche, weil angewöhnte Wahrnehmung in Frage. Plötzlich sah ich das Einzelne zwar nicht mehr scharf, aber nahm anstelle *alles andere* wahr, worin es eingebettet war. An jenem Tag auf dem Lammrücken sah ich die Welt um mich herum wahrhaftig wie zum ersten Mal. Noch nie hatte ich die Felder und Wälder als funkelndes Lichterspiel, noch nie den Leib der Erde als ein zitternd pulsierendes Geflecht von tausend ineinander greifenden Bewegungen gesehen. Als ich der Augeneinstellung im Adlerblick allmählich sicherer wurde, begann ich mich ganz langsam um meine Körperachse zu drehen. Meine Augen empfand ich wie die offene Linse einer Kamera in einem langen Schwenk um eine feste Achse. Und indem ich mich drehte, setzte ich die Welt in Bewegung wie ein Karussell, das in der Gegenrichtung kreiste. Hielt ich meine Bewegung an, stand das Karussell still. Eine Zeitlang spielte ich mit der Macht, die der neue Blick mir über die Umgebung gab. Dann ging ich im Adlerblick langsam auf den Waldrand zu. Wie eine Armee von grünen Riesen schritt der Wald mir entgegen. Als ich in sein Dunkel eintrat, verwandelte sich der Wald in das Längsschiff einer gewaltigen Kathedrale mit Pfeilern aus Bäumen, Wänden aus Blattwerk und einer Kuppel aus Glas, durch die das Blau des Himmels eindrang. *La nature est un temple / où des vivants piliers / Laissent parfois sortir / de confuses paroles.*

Von diesem Tag an nahmen wir beim Laufen den Adlerblick ein. Das Laufen folgte nun stets dem gleichen, festgelegten Parcours: Nach Westen den Fahrweg hinab bis zur Brücke über die stillgelegte Bahnlinie, dann auf dem schnurgeraden Grand Chemin der Sonne entgegen bis an den Rand des Plateaus, dort in steiler Kurve ein duftendes Stück Tannenwald hinab zum stillen See, ein Mal um den See herum und in der umgekehrten Reihenfolge zurück zur Alten Schule.

DAS TRAINING

Gerade als ich das Laufen im Adlerblick zu geniessen begann, führte Klara uns in eine neuen Arbeit ein, die sie das *Training* nannte. Sie fand im Arbeitsraum im ersten Stock des Seitenflügels statt. Er erschien mir hell und luftig und weit, zwanzig Schritte lang und zehn Schritte breit, mit sechs hohen Fenster an den Längsseiten, drei zum Norden und drei zum Süden. In der östlichen Breitwand sass hoch oben ein rundes Bullauge, durch das ein einzelner Lichtstrahl wie der Zeiger einer Sonnenuhr auf das alte Eichenparkett fiel. Der Raum strahlte Ruhe und Respekt aus.

„Im Training sollt ihr euren Körper kennen lernen und seine Möglichkeiten erweitern" erklärte Klara, wortkarg wie üblich. Zuerst lernten wir neun Positionen aus dem Yoga. Klara verlangte unbedingte Präzision in der Durchführung und ich kam bald ins Schwitzen. Dann zeigte sie uns verschiedene Möglichkeiten von freien Bewegungen auf dem Boden: Rollen, gehechtete Sprünge, Bewegungen auf den Knien und freies Fallen. Zum Abschluss zeigte sie uns eine anspruchsvolle Bewegungsfolge, die sie die *Katze* nannte. Dann erklärte sie uns den Aufbau des Trainings. Es bestand aus drei Einheiten, die sie ‚Runden‘ nannte. Jede Runde bestand aus den neun Positionen des Yoga, die jeder in beliebiger Reihenfolge durchführen konnte. Die Übergänge zwischen den statischen Positionen sollten freie dynamische Bewegungen auf drei Ebenen des Raumes sein, Sprünge in der Luft, Laufen auf den Füssen und Rollen am Boden. Die erste Runde sollte sehr langsam, die zweite schneller und die dritte Runde sehr schnell sein. Jede Runde sollten wir mit der Katze abschliessen. „Beginnen wir", sagte Klara. „Wenn ihr unsicher seid, orientiert euch einfach an mir."

Zwei Stunden später lagen wir atemlos und nass von Schweiss auf dem Rücken am Boden. Wir durften liegen bleiben solange wir wollten. Man soll eine Sache ganz zu Ende bringen, bevor man mit der nächsten beginnt. Klara stand als erste auf. Sie ging leise zwischen unseren ausgestreckten Körpern durch und sagte sanft: „Wenn ihr hundert Meter zu laufen habt, seid ihr nach neunzig etwa in der Hälfte." Dann ging sie still hinaus.

Seit jenem Tag nahm das Training in unserem Tagesablauf einen Platz ein, so unverrückbar wie das tägliche Zähneputzen. Und obwohl ich vielleicht über nichts so viel nachgedacht habe wie über das Training, denn ohne das Training wäre alles Weitere nicht möglich gewesen, will ich nicht mit späteren Einsichten vorgreifen. Ich möchte nur sagen, dass unser Training aus meinem Körper wirklich den Körper einer Katze formte, die spontan reagiert und durchlässig ist für Impulse. Um dahin zu kommen musste ich lernen, meine inneren Blockaden zu lösen. Die Momente, die mir am meisten in Erinnerung geblieben sind, geschahen zunehmend da, wo mein Körper meinem bewussten Willen zuvorkam, da, wo ich für einen Augenblick die Kontrolle verlor und der Körper intuitiv reagierte: Da war Ich lebendig.

Je nach dem Wetter trainierten wir bald nicht mehr nur im Arbeitsraum, sondern auch draussen auf der Wiese, und eines Tages gingen wir hinauf auf die Alp und arbeiteten auf der Weide. Die fast greifbar nahen Wolken, die vom Wind zerzausten Fichten und das duftende Berggras gaben mir eine ganz neue Kraft. Etwas Altmenschliches, Frühzeitiges jubelte in mir auf. Obwohl der Boden uneben war, durchsetzt mit Furchen und unter dem Laub versteckten Wurzeln und Steinen, arbeitete ich auf der Alp mit einer neuen Hingabe. Das Gelände verlangte Geschmeidigkeit, Geschicklichkeit und Anpassung, ein Gespür für Möglichkeiten und Gefahren, einen sicheren Stand und nicht zuletzt eine gewisse Entschlossenheit und ein wenig Mut. Ich hatte wieder das Gefühl, ich bewege mich auf dem Fell eines grossen Tieres. Klara hatte den weiten Raum durch klare Linien begrenzt, die wir auf keinen Fall überschreiten durften. Diese Ballung der Energie auf eng begrenztem Raum schuf eine hohe gegenseitige Aufmerksamkeit. Bald sollten wir während des gesamten Trainings den Adlerblick beibehalten. Die wilde ursprüngliche Landschaft rief in mir selbst etwas Wildes herauf, sie trieb mich zur Verausgabung. Das Denken griff der Bewegung nicht mehr voraus, und Instinkt und Reflex übernahmen die Führung. Mein Körper gab sich ganz der Berührung der Erde hin. Die Yogaposition der Kobra (Bhujangasana) zum Beispiel fühlte sich hier unter freiem Himmel plötzlich ganz anders an als im nüchternen Arbeitsraum. Hier hausten wirkliche Schlangen, und ihre Gegenwart gab meiner Kobra Wirklichkeit. In der Kobra auf der Alp gelang zum ersten Mal das Wunder, und die äussere Bewegung im Gelände ging plötzlich als innere Bewegung in der Ruhe der Position weiter! Wie soll ich das erklären? Der Gigant Atlas zum Beispiel steht still und trägt die Weltkugel auf dem Rücken. Er bewegt sich nicht, aber wer würde behaupten, er sei unbewegt? Man spürt die innere Bewegung, sie ist wie der Saft in den Bäumen, man sieht ihn nicht, aber man spürt ihn. An jenem Tag auf der Alp machte ich zum ersten Mal Bekanntschaft mit der inneren Bewegung. Die innere Bewegung kann man nicht sehen, man muss sie erfahren. 'Knowledge is a Matter of Doing' steht stolz im Schwarzen Buch.

Aber jene vermeintliche Klarheit, was die innere Bewegung betraf, machte leider bald einer tiefgehenden Verunsicherung Platz. Ich wusste, es war meine Aufgabe, über das, was mir leicht gelang, hinauszugehen und das Unbekannte und Schwierige zu ergründen. Ich musste den Mut finden, den Moment des Scheiterns zu riskieren, und besonders mutig war ich damals nicht, eher etwas bequem. Über das Vertraute hinauszugehen war unbequem. Oft liefen mir im Training die Tränen über das Gesicht und ich wollte aufgeben, aber Klara rief: „Kaspar, lass die Tränen laufen, aber mach weiter!" Manchmal erreichte ich einen

Zustand, in dem ich nicht mehr wusste, wer Ich war. Es war mir, als liefe ich gegen eine Mauer und versuchte, diese Mauer mit meinem Körper zu durchbrechen. Der Kopf sagte, du kannst nicht mehr, aber er log, mein Körper konnte noch lange. Das Gefühl der Erschöpfung war bloss eine Art Selbstschutz, von dem ich mich befreien musste. Ich musste erfahren, dass Energie eine Quelle ist, die sich füllt, indem sie ausfliesst. Dass etwas beständig ausfloss und doch stets voll blieb, war ein Paradox, das ich täglich erfuhr, aber nicht auflösen konnte. Erst viel später sollte ich dieses Wunder, das ich als Geheimnis des Körpers erfuhr, bei Meister Eckhardt in einer Predigt als ein Zeichen des Göttlichen wiederfinden: *Es ist ein wunderlich Ding / dass etwas ausfliesst / und doch drinnen bleibt.*

Damals aber fühlte ich mich schwer und wollte leichter werden. Meine Muskelpakete störten mich nur. Um Leichtigkeit zu entwickeln, suchte ich schnelle Bewegungen: Rennen, Sprünge und Rollen. Ich versuchte, mich selbst zu überraschen mit unerwartetenBewegungen. Ich erkannte: Alles Vorhersehbare führte bloss zu Verspannungen und zur unbewussten Unterschätzung meiner Möglichkeiten. Vielleicht hatte ich meine Kraft stets mehr gefürchtet als meine Schwäche, vielleicht war ich bisher unbewusst in meine Schwäche verliebt gewesen. Ich sah vor mir das Bild eines Kindes, das eine Giesskanne schleppt: Sie ist ihm viel zu schwer, aber es schleppt sie doch. Beim Schleppen verspritzt Wasser, und so gleicht sich das Gewicht der Kanne allmählich der Möglichkeit des Kindes an. Sich zu unterfordern führt zum Verlust der Dimension des Möglichen, sagte ich mir, und so half mir das Training, meiner Stärke zu begegnen. Wie beim Laufen galt auch im Training die Regel, keine Geräusche zu machen. Das war eine einfache, aber anspruchsvolle Regel, sie verlangte vollkommene Körperbeherrschung und eine nie erlahmende

Aufmerksamkeit, vor allem bei Sprüngen, denn das Holzparkett verstärkte jeden harten Schritt zu einem lauten Paukenschlag. So wurde das Training mit der Zeit auch eine Arbeit am Klang der Bewegung.

Manchmal gab uns Klara vor dem Training Anweisungen. Ich nannte das damals Kritik, aber es ging ihr wohl mehr darum, uns auf unsere persönlichen Schwierigkeiten hinzuweisen. Manchmal war sie richtig verärgert. Sie konnte so herzhaft aufgebracht sein! Nur mit Mühe unterdrückte ich oft ein inneres Lachen, das wahrlich fehl am Platz gewesen wäre. Ich wundere mich noch heute, dass ich immer lachen muss, wenn mir etwas wirklich nahe kommt. Sogar bei der Beerdigung meiner Mutter hatte mich ein inneres Lachen geschüttelt. Ich flüchte mich gern ins Lachen, weil ich mich einer gewissen Begegnung mit mir selbst nicht aussetzen will. Aber ich weiss heute kaum mehr, wovor ich mich damals eigentlich so sehr fürchtete.

Inzwischen war der Winter eingezogen, und ein dicker Teppich aus gefrorenen Blättern und Schnee bedeckte die Erde. Die Arbeit verlangte, dass wir dauernd die Kleider wechseln mussten, vom Laufen am frühen Morgen über das Training im geheizten Arbeitsraum bis zum Adlerblick auf dem Lammrücken am Abend. Der Wächter kochte jetzt dicke Suppen aus den roten Kürbissen im Keller und anstatt Reis mehr Gerste und Kartoffeln, dazu gelbe Rüben und grünen oder roten Kohl. Dann und wann nahm er mich mit in den Wald. Er zeigte mir, wo die guten Pilze zu finden waren und wie er sie zubereitete. Wer hätte das gedacht, ich lernte kochen! Zu Beginn war mir die Küche hier fad erschienen, aber jetzt schätzte ich, was der Wächter gleichsam als Kommentar zum Unterricht aus der Pfanne zauberte: *Alla boscaiola.*

Dann schneite es eine ganze Woche. Der Blick des Adlers verlor sich in einem bleichen Vorhang aus Flocken, der die Welt verschluckte. Das Allernächste erzählte von der weitesten Ferne. An einem Abend ging ich durch den Schnee hinab ans Moor. Mächtige gestürzte Baumriesen schwebten über dem grün gefrorenen Sumpfgras wie gefallene Krieger aus einer vorzeitlichen Schlacht. Ich stand und lauschte in die Eiszeit. Und plötzlich überfiel mich eine Angst, für die mir noch heute die Worte fehlen. In meinem Rücken hörte ich wildes Gejohle und den Hufschlag galoppierender Pferde. Ich rannte in Panik durch den Schnee, gejagt vom Phantom meiner Angst.

An den Abenden sassen wir, jeder in seine Gedanken versunken, um das Feuer im Kamin und warteten, bis das letzte Scheit verbrannt war und die Glut sich unter die Asche zurückzog. Dann kam Weihnachten, und wer konnte fuhr über die Feiertag nach Hause. Ich hatte weder Geld noch ein Zuhause, und so blieb ich mit dem Wächter zurück. Der Wächter tischte zum Feiertag seinen *Zweremirpf* auf, einen Schnaps, den ihm ein Bauer aus unseren Zwetschgen, Reine-Claudes und Mirabellen brannte. Aus dem Glas roch es so heftig nach Herbst und dem Enigma der Ankunft, dass mich Wehmut überkam. Die Wehmut wuchs von Glas zu Glas, und aus der grossen Wehmut wurde eine kleine Heiterkeit, und aus der kleinen Heiterkeit ein seelenkneifendes Gefühl von Glück, das mit dem Feuer um die Wette brannte. Aber als das letzte Glas geleert und das letzte Scheit verbrannt war, wurde ich traurig, und der Teppich aus Schnee auf Baum und Strauch legte sich auch mir auf das Herz. Der Wächter gab mir eine Zigarette, und wir rauchten wortlos vor uns hin. Wirre Gedanken verwickelten und verknoteten sich in meinem Kopf. Ich hatte das dringende Bedürfnis, zu sprechen, aber ich tat es nicht. Ich ahnte, an einer Blume kann man nicht ziehen, damit sie schneller wachse. Dann kam Neujahr und der Geburtstag meiner Mutter. Ich verbrachte den Tag mit den kleinen Ritualen für die zu früh Verstorbene, stellte Kerzen auf und sang für sie das Lied vom Vogel, der mit ihrer Stimme zu mir spricht. Dann waren die Feiertage endlich vorbei. Klara versammelte uns auf der Treppe zum Garten. „Das neue Jahr hat begonnen", sagte sie, „aber ihr müsst das, was ihr im alten Jahr getan habt, noch einmal neu verstehen lernen. Gewohnheiten haben sich eingeschlichen. Benedikt wird euch dabei helfen. Er wird das Training in der ersten Woche leiten."

Mir wurde sehr schnell klar, was Klara damit gemeint hatte. Meine körperliche Form hatte durch Alkohol und Schlendrian schwer gelitten, und ich erreichte schnell die Grenze meiner Kraft. Ich begann das Training regelrecht zu hassen. Auch Benedikt war unzufrieden, aber er zeigt seine Ungeduld nicht. Das ging so lange gut, bis Klara mich eines Morgens in das Sprechzimmer bat. Sie rügte meine Haltung zu Benedikt und forderte mich auf, mich an den Beginn meiner Lehrzeit zu erinnern. Ich müsse in meiner Arbeit wieder der Krieger werden, der ich damals gewesen sei. Der Krieger in mir trage Hauspantoffeln. Meine Disziplin sei ungenügend und meine unaufrichtige Haltung gegenüber Benedikt verhindere jede ernsthafte Arbeit. „Wenn du jetzt nachlässt, verlierst du nicht nur die gegenwärtige Arbeit, sondern deine ganze bisherige Arbeit geht damit verloren", sagte sie. „Morgen machst du das Training allein. Sag mir, wenn du verstanden hast, wieso."

So kam es, dass ich an jenem Tag allein trainierte, als das Unglück geschah. In der dritten Runde hatte ich plötzlich einen Krampf im linken Bein. Was ist mit dir, Bein, dachte ich. Schön, verkrampf dich, wenn du willst. Zieh dich nur zusammen. Es wird dir nicht helfen. Ich versuchte den Muskel zu lockern, aber ich schaffte es nicht. Widerwärtig, so ein Krampf, dachte ich, der Körper verrät mich. Ich liess mich auf den Rücken fallen, rollte über die Schulter ab und drückte mich aus dem Schwung hoch zum Stehen. Das linke Bein war taub. Bein, das ist deiner unwürdig, sagte ich, entkrampfe dich. Ich verlagerte den Schwerpunkt nach vorne und kam ins Laufen. Das Gewicht trieb mich voran, obwohl der Schmerz im Bein so stark war wie zuvor. Vielleicht noch ein wenig stärker. Mach weiter, dachte ich, jetzt kannst du es dir beweisen. Die hundert Mal, die du es früher bewiesen hast, bedeuten gar nichts. Beweise es jetzt. Denk nicht. Der Körper arbeitet. Dränge ihn nicht. Wenn du hundert Meter zu laufen hast, bist du bei neunzig etwa in der Hälfte. Darüber vergass ich den Schmerz. Mein Körper ist ein merkwürdiges Ding, dachte ich. Eben noch konnte er nicht mehr, und jetzt spurt er und schnurrt wie ein Kätzchen. Aber ich fühlte mich plötzlich hundemüde. Ich versuchte an gar nichts zu denken, jedenfalls nicht an den Muskel im linken Bein. Welche Position kommt jetzt? Ich wusste es nicht, sollte es ja auch nicht im Voraus wissen. Der Körper wird entscheiden und ich werde es erst wissen, wenn es bereits geschehen ist. Die Macht des Willens ist nichts gegen die Macht der Yoga-Position, dachte ich. Sie formt meinen Körper. Sie formt mich. Ich dachte an das erste Training zurück, wie ich gekämpft hatte und aufgeben wollte. Damals hat mich mein linkes Bein nicht im Stich gelassen, dachte ich. Aber heute tut es nicht, was ich von ihm verlange. Heute traue ich ihm nicht. Aber ich kannte einen Trick. Ich liess mich rückwärts fallen und entspannte im Rollen blitzartig das Bein. Und gleich abdrücken und hoch. Nur nicht am Boden kleben bleiben. Homo erectus: Der Mensch ist ein aufrechtes Wesen.

Wie geht es dem Bein, Kaspar?

Ganz passabel. Dem Bein geht es besser.

Einen Augenblick machte die Arbeit beinahe Freude. Es geht

mir nicht wirklich gut, dachte ich, der Schmerz ist da und geht in etwas Dumpfes über, das mir unheimlich ist. Aber ich habe schon schlimmeren Schmerz gekannt. Etwa damals in Nepal auf dem Anstieg nach Mukhtinath, als das linke Knie sich versteifte. Da habe ich durchgehalten. Knie, sagte ich, du bist geschwollen, aber du hältst durch. Und nach acht Tagen Aufstieg war das Flugzeug in Mukhtinath schon abgeflogen, und das brave Knie musste mich das nicht enden wollende Tal des Kali Ghandaki wieder hinunter tragen.

Plötzlich fand ich mich in der Position des aufwärts gespannten Bogens (*Urdhva Dhanurasana*). Körper, du bist mein Freund, dachte ich, aber jetzt musst du aus der Position auch wieder raus. Es ist höchste Zeit. Denk nicht über den Sprung nach. Er hat seine Gefahren und seine Vorzüge. Wenn er gelingt, wirst du dich frei und leicht fühlen. Dein Selbstvertrauen wird zurückkehren. Wenn er nicht gelingt, schlägst du hart am Boden auf und der Schmerz wird heftiger. Ich muss mich noch ein wenig ausruhen, dachte ich. Die Position tut mir gut. Ich muss nur mit dem Ausatmen gehen. Das Einatmen kommt ganz von allein. Inzwischen kann ich abwarten, was der Körper tun will. Ich lasse ihm noch ein wenig Zeit. Der Rücken fühlt sich ganz lebendig an. Nur der Kopf will keine Ruhe geben. Er ist in eine Sache verwickelt, die er nicht versteht. Aber die Zeit ist gekommen, wo ich den Sprung riskieren muss. Besser jetzt gleich. Die Beine werden schon wissen, was sie tun.

Ich atmete aus, schob das Gewicht nach vorne, gab in den Armen nach, schnellte die Füsse mit aller Kraft vom Boden ab und schwang sie über den Kopf. Ich erwartete den Schlag des Bodens. Er erwischte mich mit einem dumpfen Knall, schoss als kurzer, stechender Schmerz in die Brust, und ich war wieder auf den Füssen. Der Schmerz ging ebenso schnell vorbei, wie er gekommen war. Und ohne mir Zeit zu lassen, sprang ich im Tigersprung voraus in den leeren Raum. Noch im Sprung krümmte sich der Rücken, der Arm fuhr aus wie eine Kufe und nahm den Bretterboden in Empfang. Ich rollte über Arm und Schulter ab, kam sofort hoch und sprang wieder, wie besinnungslos, vor Glück, vor Angst, ich weiss es nicht. Wie ein Kugelblitz rollte ich durch den Raum. Wenn Benedikt das sehen könnte, dachte ich, jetzt wird alles gut. Alter Freund, sagte ich zu meinem Bein, Schmerzen machen dir nichts aus. Es zählt, was über den Schmerz hinausgeht. Der Schweiss tropfte mir von der Stirn und hinterliess dunkle Flecken im Holz. Nachher kannst du dich ausruhen, dachte ich. Nur nicht aufgeben, jetzt, so kurz vor dem Ziel. Ich bin mir klar, wir sind weit über unsere Grenze hinaus. Aber halte durch. Bitte halte durch.

Ich kann nicht mehr!

Lügner, du kannst noch lange! Versuche es, bevor wir aufgeben. Ich raffte zusammen, was mir an Kraft und Stolz noch blieb. Ich bewegte mich durch den Raum wie in einem gespenstischen Traum. Meine Befehle erreichten den Körper nicht mehr. Aber der Schmerz sagte, das ist kein Traum. Es ist kein Traum, dachte ich. Mir war heiss und ein bisschen wirr. Soll der Körper mich durchschleppen, dachte ich. Ich versuchte, an etwas Erfreuliches zu denken. Ich dachte, jede Minute bist du dem Ende näher. Aber es ist schlimm, zu hoffen, dachte ich, es verlängert nur die Qual. Wenn du deinen Körper liebst, ist es keine Sünde, ihn bis an seine Grenze herauszufordern, dachte ich. Aber du musst ihn kennen und lieben. Du darfst dir da draussen an der Grenze nichts vormachen. Komm, sagte ich, es kann nicht mehr lange dauern. Solange es weh tut, lebst du, und alles ist gut. Aber es tat nicht mehr sehr weh. Du wünschst, dass du den Rand des Trainings erreicht hast, dachte ich. Dass es gleich vorbei sei. Du wünschst etwas, was nicht gewünscht werden darf.

Da hörte ich den Schlag der Kirchenglocke. Die Zeit war plötzlich um. Ich sank zu Boden in die *Savasana*-Position. *Sava* heisst Leiche. Meine Augen waren geschlossen. Ich hatte weder Gedanken noch Gefühle. Nichts ging mich mehr etwas an. Wie einfach alles wird, wenn man ganz am Ende angekommen ist, dachte ich noch. Ich wusste nicht, wie einfach das ist. Das also ist die Grenze.

Am nächsten Tag kam Klara und schaute uns beim Training zu. Sie legte sich auf ihre Decke, das Gesicht zur Wand. Wenn es laut wurde, schnellte sie auf und schoss Blicke auf uns ab wie Pfeile. Unwillkürlich achtete ich mehr auf Präzision und Leichtigkeit. Es ist leider wahr, ich verbrauchte viel Energie damit, nicht daran zu denken, welchen Eindruck ich auf Klara machte. Ich wusste, Klara will nicht den braven Schüler, sie will mich. Aber der brave Schüler sass mir tief in den Knochen. Dem Sieg von gestern folgte die Niederlage auf dem Fuss. Zumindest schonte ich mich nicht. Niemand schonte sich an diesem Morgen. Am Ende des Trainings lagen wir nass von Schweiss in Savasana auf dem Boden. Klara stand auf und legte sich zwischen uns. Langsam beruhigte sich der Atem. Es war ganz still, ich hörte die Vögel zwitschern, wir alle hörten sie. Klara begann leise zu summen. Einer nach dem anderen stimmten wir in das Summen ein, die Kehlen öffneten sich, die Stimmen flossen zusammen und die Decke warf das Echo zurück. Im Klang vereinte sich, was getrennt war. Mein Körper war weich, ich hörte meine Stimme im Raum und spürte sie gleichzeitig im Bauch. Es ging mir nicht um die Melodie, es ging mir um diese Schwingung im Körper. Nach und nach wurde der Gesang leiser, einzelne Stimmen traten aus und verstummten. Am Schluss schwebte Rumpfs schöner klangvoller Bass wie ein farbiger Papierstreifen in der Luft. Dann war es ganz still. Klara stand auf und ging leise hinaus.

Am Abend war Klara im Bad. Ich hörte das Wasser rieseln. Ich hörte, wie der Hahn zugedreht wurde. Ich hörte die letzten Tropfen auf die Steinplatten fallen. Ich hörte das Rascheln des Duschvorhangs und das Reiben des Frottiertuchs. Sie kam mir in ihr Badetuch gehüllt entgegen, mit nassen Haaren und roten Wangen. Sie sagte, das Bad ist frei. Im Bad roch es nach Seife und nassem Holz. Ich duschte lange und sehr warm.

DAS GEHEN

Am nächsten Tag begann Klara nach dem Training mit der Arbeit am *Gehen*. Wir verteilten uns entlang der Breitseite des Arbeitsraumes und sie trug uns auf, so langsam wie möglich auf einer geraden Linie durch den Raum zu gehen, bis wir die gegenüberliegende Wand berührten. Die Spielregel verlangte, den Fluss der Bewegung nicht zu brechen. Wer zuletzt berührte, hätte gewonnen. Sie gab das Zeichen zum Start. Ich musste mit dem ganzen Körper denken, um keine schnellen Bewegungen zu machen. Vergass ich einen Körperteil, bewegte dieser sich schneller und ich fiel im Rennen zurück. Bereits nach den ersten Metern hatte der Boden unter mir Schweissflecken. Benedikt lag hinter mir, ich konnte ihn nicht sehen, aber ich spürte seinen Atem im Rücken. Ich war klar zu schnell. Ich stellte mir vor, ich ginge durch klebrigen Honig. Das half, auf der linken Aussenbahn musste Rumpf an mir vorbeigehen. Ich war kindisch stolz, denn Rumpf war im vierten Jahr und ich der Anfänger in diesem seltsamen Rennen, in dem der Letzte gewann. Seine Zeitlupe erschien mir geradezu schnell. Geschwindigkeit ist so relativ, nur die Differenz entscheidet, was als schnell und was als langsam gilt. Aber Benedikt war noch immer hinter mir, und natürlich Klara, sie konnte langsamer gehen als jeder von uns. Die Wand vor mir kam bereits bedrohlich näher. Auf den letzten Zentimetern verkrallte sich meine ganze Aufmerksamkeit in das unaufhaltsame Schwinden des winzigen Stücks Raum zwischen mir und dem Stein. Mein Körper lief an der Wand auf wie eine Welle. Der Stein war angenehm kühl. Hinter mir kam Benedikt ins Ziel. In dem Augenblick, da er die Wand berührte, hielt Klara in ihrer Bewegung inne. Sie stand da wie.... - wenn ich das Wort für das Bild suche, muss ich unwillkürlich an die Lipizzaner der Wiener Hofreitschule denken und an ihre in der Dressur wunderbar plastisch hervortretende Figur der Kraft.

Heute kann ich mir erklären, weshalb die Arbeit am Gehen mich damals vom ersten Augenblick an so tief berührte. Der aufrechte Gang prägte ganz im Anfang das Wesen der menschlichen Existenz, er war die Quelle der ersten menschlichen Gedanken und Gefühle. Deshalb wirkte die Arbeit am neuen Gang so tief hinab ein auf mein frühestes Bewegungszentrum, das Reptilienhirn (*reptile brain*), in dem die archaischen Körperfunktionen und die automatisierten Körperhandlungen gespeichert sind. Ich wurde, was ich war: *Homo erectus*. Gedanken gehen durch den Kopf, ein Mensch geht zugrunde: Die Sprache spiegelt die Tiefe der ursprünglichen Erfahrung. Deshalb erschütterte die Arbeit am Gang meine Wahrnehmung von Raum und Zeit und damit meine Idee von mir selbst. Das war mir am Anfang unheimlich. Oft war ich mir in einem neuen Gang selber fremd, ich fühlte mich mehr wie ein Tier oder wie der Geist eines Menschen, der vor mir gelebt hatte. Aber diese fremden Wesen, die mich im Gehen belebten, beschenkten mich mit Fähigkeiten, die ich an Kaspar nie vermutet hätte. Meine Sinne richteten sich neu aus. Zum Beispiel nahm ich Schatten, oder den Wind, oder Übergänge von kalten zu warmen Bodenstellen plötzlich empfindlich scharf wahr. Das Geräusch einer Motorsäge konnte mich bis an die Schmerzgrenze verletzten, und eine Blume mich zu Tränen rühren.

Und eines Tages erkannte ich, dass der Wächter mich damals, am Tag meiner Ankunft, beim Wort genommen hatte. Ich möchte Gehen lernen, hatte ich blindlings behauptet. Das war eine bedeutsame Aussage, und wenn ich heute zurückdenke, so glaube ich, dass sie der Grund war, dass der Wächter mich nicht einfach abwies, sondern jenes Spiel von Gartenexistenz und Fang-mal-an einleitete, das ihn beinahe seine Geduld gekostet hätte. Aber damals wusste ich von nichts, denn das Wort Gehen war noch ohne lebendige Erfahrung. Ich stöckelte und stolzierte als Schauspieler oder trampelte im Gang meines Vaters. Der Wächter zeigte Stil, als er mich wörtlich nahm, denn er ahnte hinter meiner dummen Antwort eine mir selbst noch unbekannte Frage, die sie, wie der Atem das Wort, mit einer Botschaft des Unbewussten begleitete. Er gab mir die Chance, den Sinn meiner Worte im Tun zu erfahren. Dafür bin ich ihm dankbar. Das Gehen hat mir später dazu verholfen, das erste Bild des Glücks, das der Kinder auf der Strasse in Island, mit einem zweiten Bild zu verbinden: Ein Kind balanciert an der Hand der älteren Schwester auf dem Stamm einer Tanne, die am Wegrand liegt. Gehen zu lernen ist mir bis heute nah.

Das Spiel mit neuen Gangarten wurde mir in jener Zeit zur *via regia*, zum Königsweg auf meiner Suche nach neuen Wahrnehmungen. Ich entdeckte, dass gewisse Gangarten starke Bilder in mir hervorriefen, Erinnerungen an Menschen, die ich gekannt hatte, oder an Tiere, mit denen mich eine geheimnisvolle Verwandtschaft zu verbinden schien. Oft gingen diese Bilder mit heftigen Gefühlen zusammen, deren Ursprung mir geheimnisvoll blieb. Ich prägte mir die auslösende Gangart ein und wiederholte sie abends für mich allein im Arbeitsraum. Stellte sich das Gefühl wieder ein und erwies sich die Beziehung zwischen der Gangart und dem Bild als wiederholbar, übernahm ich die Gangart in meine private Kinesiothek. Ich entdeckte damals, dass solche Gangarten als eine Art Passwort funktionierten. Meine Arbeit sah ich darin, die Wege hinter den Toren zu erkunden, welche diese Passworte öffneten. Sie führten oft weit zurück in die Vergangenheit, zu meinem Urgrossvater Jakob zum Beispiel. Oder noch weiter zurück, zu meinem Affen auf dem Baum.

Die nächste Stufe in den Etüden zum Gehen bestand darin, aus den individuellen Gangarten das *Synchrongehen* in der Gruppe zu erschaffen. Klara ging voraus und wir in der bekannten Reihung hinter ihr her. Wir gingen sehr langsam, bis die Form und der Rhythmus einer Gangart sich jedem eingeprägt hatten, und allmählich ein gemeinsamer Schritt entstand. Lange übten wir das nur im Arbeitsraum, später auch im Garten und zuletzt sogar im Wald. Mit der Zeit wurden die Bewegungen fliessender. Aber es brauchte meistens einen vollen Nachmittag, bis wir gegen Abend das Wesen auf zwölf Beinen waren, das geräuschlos durch die Dämmerung strich.

Nach dem Synchrongehen fühlte ich mich oft seltsam fröhlich und leicht. Ganz anders Klara, sie war meist mürrisch und unzufrieden. Wir massen die Arbeit nicht mit der gleichen Elle. Ich empfand Klaras Enttäuschung wie einen Schlag ins Gesicht. Sie stiess mich in die Rolle des Schülers zurück, der es dem Lehrer recht machen will und seiner eigenen Erfahrung misstraut. Klara sprach nicht über den Grund ihrer Enttäuschung, aber eines Tages zog sie sich aus der Arbeit am Gehen zurück und liess uns allein weitermachen. Jeder von uns musste abwechselnd die Führung übernehmen. Diese Übergabe der Verantwortung an uns sehe ich heute als eine geglückte Kriegslist, denn so konnten wir unsere Stärken und Schwächen erkennen und zu einer realistischeren Selbsteinschätzung finden. Am Schönsten war es, wenn der Wächter führte, aber auch Benedikt führte gut. Auch er machte Fehler, aber er vermochte aus einem Fehler eine Anschauung dazu zu machen, wie Fehler zu verbessern sind. Aus einer Ungeschicklichkeit in der Wahl des Weges wurde eine Etüde zum Kampf mit Hindernissen, aus einem Stocken eine Variation in Staccato und Legato. Das machte mir grossen Eindruck. Hinter Heinz herzugehen hingegen war mühsam, denn er hatte die unangenehme Fähigkeit, sich in seine Fehler zu verbohren. Er wollte sich nicht eingestehen, wenn er irrte. Er verspannte sich und sein Gang wurde mechanisch. Seine Verbohrtheit mochte Mitleid wecken, aber sein Starrsinn war hilflos. Einmal fand er den Rückweg nicht und führte uns so lange im Kreis, dass der Wächter plötzlich ausscherte und abbog, und wir alle hinter ihm drein. Heinz lief ganz allein weiter. Er war so wütend, dass er sich zum Abendessen nicht zeigte.

Ich selber hatte die Gruppe einmal an einem nebligen Februarmorgen auf den Mont St. Cyr geführt und wusste plötzlich nicht mehr, auf welcher Seite des Grates ich war. Ich hatte die Orientierung komplett verloren. Auf der falschen Seite abzusteigen hätte unangenehm enden können. Da hörte ich eine Motorsäge. Ich ging dem Geräusch nach, fand einen Holzfäller und fragte ihn nach dem Weg. Das war ein Regelbruch, denn wir sollten lernen, uns selber zu helfen, aber in meiner Lage hielt ich diese Entscheidung für richtig. Aber im Allgemeinen ermöglichte der Adlerblick eine sichere Orientierung. Nur konnte er auch zu Phantastereien verleiten. Dann verwandelten sich die Bäume in belebte Wesen und der Wald in ein gefährliches, von boshaften Zauberern beherrschtes Reich. Trat das ein, wenn ich das Gehen anführte, war das nicht zu verzeihen.

In jenem Frühling stand ich mit dem ersten Morgenlicht auf, und das kostete mich keinerlei Überwindung. Dabei hatte ich es früher geliebt, im warmen Bett zu liegen und in den Tag hinein zu träumen. Im Training hatten wir gelernt, nicht zu zögern, und nun wirkte sich das im Alltag aus. Mit Erstaunen nahm ich wahr, dass die Prinzipien, welche die Arbeit bestimmten, sich mehr und mehr auf die Art auswirkten, wie ich mein Leben führte. Die Aufmerksamkeit, die ich im Training aufbringen musste, fiel mir unverhofft als Sorgfalt auf, wenn ich einen Salatkopf rüstete. Die Genauigkeit, welche ein Schritt im Gehen verlangte, fand ich als Achtsamkeit beim Schleifen der Küchenmesser wieder. Die Auseinandersetzung mit dem eigenen Körper und seinen Gewohnheiten führte zu einem neuen Respekt gegenüber allem, was um mich lebte und wuchs. Es war derselbe Respekt, der von uns verlangte, bei der Arbeit auf der Wiese oder im Wald keine Spuren zu hinterlassen, keine Trampelpfade, keine geknickten Halme und abgerissenen Äste. Er erlaubte mir, einen kräftigen Steinpilz mit den Augen zu kosten, ohne ihn gleich abschneiden und mitnehmen zu müssen. Und die Sorgfalt in den alltäglichen Verrichtungen führte wiederum zu einer neuen Genauigkeit in der Arbeit. Sorgfalt und Respekt führten zu einer Kontaktnahme mit der Umwelt, welche diese in der Berührung nicht verbrauchen wollte.

Und allmählich dämmerte mir, dass im Respekt für die Regeln eine Möglichkeit der Freiheit lag. Zum Beispiel verlangte niemand von mir, bei dem Frühstück ein freundliches Lächeln aufzusetzen. Dass ich da und zur Arbeit bereit war, genügte, darüber hinaus musste ich nichts weiter beweisen. Dass niemand von mir ein Lächeln erwartete, sparte viel Energie. Das Lächeln, das Klara oft vor einer neuen Übung zeigte, war eine ganz andere Sache, es war ein bewusst gesetztes Zeichen der Herausforderung. Jeder hatte seine ganz eigene Weise, sich für die Arbeit bereit zu halten. So wurde das Alltagsleben mit jedem Tag gleichsam individueller, direkter, weniger verschnörkelt. Ich zum Beispiel ass am Küchentisch, während Benedikt seinen Teller lieber mit aufs

Zimmer nahm. Er mied menschliche Nähe im Alltag, ich hingegen mochte das Beisammensitzen gern. Und obwohl ich stets mit Messer und Gabel speiste und mein Geschirr am Spülstein wusch, sah ich dem Wächter gerne zu, wie er den Reis mit der Hand zum Mund führte, seine Schale mit Tee ausspülte und mit einem Stück Brot trocknete. Seine Serviette hing jeden Morgen blütenweiss und frisch gewaschen an der Leine.

Am ersten lauen Frühsommersonntag lag ich mit Benedikt am Waldrand zwischen den Schneeglöckchen und streckte die Beine in das frische Grün. „Verstehst du, was das heisst", sagte Benedikt, „du hast aufgehört, zu lügen! Auf jeden Fall lügst du nicht mehr so gut, nicht mehr so intelligent wie früher. Du beginnst, dich zu entwaffnen. Du weißt noch nicht genau was es heisst, sich zu entwaffnen. Entwaffnung ist dir noch ein Fremdwort. Du bist so gewohnt, dich und andere zu täuschen, dass du das noch nicht spürst. Du fürchtest dich noch davor, dich zu entwaffnen. Einmal wirst du diese Schwäche erkennen. Dann werden wir sehen, ob du mich verstanden hast."
„Ich verstehe gar nichts", erwiderte ich.
Benedikt lachte: „Wer Narr sein will, versteht mich nicht. Aber das zeigt, dass du zu verstehen beginnst. Der erste Geschmack der Wahrheit ist die Einsicht in deren Abwesenheit. Und hör auf, alles aufzuschreiben. Halte es fest in dir. Sonst nimmt dir eines Tages jemand dein Heft weg, und dir bleibt gar nichts."

Ja, ich hatte das Schreiben damals lieb gewonnen, es war mir wie der Kompass, nach dem ich segelte. Ich konnte mein Tagebuch fragen, bin ich weiter gekommen, und es antwortete mir mit Ja. Das war eine schöne, eine klare, eine einfache Antwort. Ich glaube, ich war damals daran zu erfahren, dass ich Körper bin. Das war vielleicht schon alles, aber im Rückblick war es doch ein erster

Schritt auf etwas zu, auf eine Art Heilung zu, und das scheint mir heute das Wichtige. Bisher hatte ich von meinem Körper als einem Haben gedacht, und jetzt begann ich von ihm als einem Sein zu denken. Man hatte das Hochseil vor mir ausgespannt und ich hatte den ersten Schritt hinaus auf das Seil getan. Ich konnte mich auf dem Seil nicht drehen, also blieb mir nur, weiter voran zu gehen.

Der Sommer kam heran. Wir hatten seit meinem Eintritt in die Schule, von den kurzen Feiertagen abgesehen, sechs Tage in der Woche und zwölf Stunden am Tag gearbeitet. Ich war ehrlich erschöpft. Ich brauchte dringend Erholung. Ich war froh, dass das Lehrjahr nur neun Monate hatte und die Schule über den Sommer schloss. Ich sehnte mich nach einer Pause als Zeit, die ich nach meinen eigenen Bedürfnissen gestalten konnte. Und plötzlich war der letzte Arbeitstag da. Zum Sonnenuntergang gingen wir ein letztes Mal auf den Lammrücken. Das erste Sommergewitter lag dickbauchig über dem Land. Noch einmal nahm ich diesen Himmel, diesen Wald und diese Wiese in vollen Zügen in mich auf. Eine feurige Freude überrannte mich. Es gab keine Fehler mehr zu machen, die Fehler waren alle schon getan! Mein Körper wusste, was er tat. Ich empfand das gemeinsame Gehen als zeitlos schön. Ich fühlte diese Landschaft als einen Teil von mir, sie berührte mich von innen. Wir gingen in den Abend hinein. Die Sonne versank hinter dem Berg und verbrannte den Rand des Horizonts. Dicke Wolken mit rosa Leibern fingen den letzten Abglanz des Himmelfeuers ein. Das Rosa verblasste, das Licht wurde stahlblau und die Nacht kam mit Sternen herauf. Ich war ruhig und still wie ein alter Baum.

DAS
BLAUE
BUCH

Nach dem Sommer in der Stadt kehrte ich pünktlich zur Eröffnung an die Alte Schule zurück. Mein Zimmer hatte ich bei meiner
Abreise nicht abgeschlossen, jetzt war es angenehm, einzutreten,
als ob ich den Raum nur für ein paar Stunden verlassen hätte.
Wie im vergangenen Jahr eröffnete der Meister das neue Schuljahr mit einer Ansprache. Er bat uns, während seiner Rede keine
Notizen zu machen, und so muss ich mich jetzt auf meine Erinnerung verlassen und kann seine Worte nur so wiedergeben, wie
ich sie damals glaubte verstanden zu haben.

Neue Schüler seien keine aufgenommen, begann der Meister,
also werde er zu uns sprechen, als ob wir die neuen Schüler seien.
Zuerst forderte er uns auf, uns noch einmal zu vergegenwärtigen,
wie wir hier angefangen hätten. Wir hätten, fuhr er fort, damit
begonnen, unsere Gewohnheiten zu ändern, aber es seien neue
Gewohnheiten entstanden, wenn auch anderer Art. Wir sollten
uns dessen bewusst sein und in der Arbeit darauf achten, diese zu
vermeiden. In meinen Ohren klang das nach einer Warnung. „Ihr
glaubt, da ihr eine Zeitlang hier gearbeitet habt, wird alles nun
leichter", höre ich ihn sagen, „aber die Arbeit wird schwieriger.
Mit dem, was ihr bisher gelernt habt, sind auch die Ansprüche
gestiegen." Die Arbeit bestehe weiterhin aus den einfachsten
Dingen, fuhr er fort, alles Gewichtige und Grossartige sollten wir
endgültig vergessen. Das Neue sei in den unscheinbarsten Tätigkeiten zu entdecken. Aber wir sollten vermehrt darauf achten,

unserem Tun eine klare Form zu geben. Eine Handlung ohne Form sei wie Rauch am Himmel, jeder Windstoss könne ihn verwehen. Ohne Form gäbe es keine Beständigkeit.

In diesem Jahr, fuhr er fort, würden wir an zwei extrem verschiedenen Polen arbeiten und es käme darauf an, die beiden Pole in der inneren Arbeit allmählich zu verbinden. Der eine Pol sei die Arbeit an der *Grossen Bewegung*, der andere die Arbeit an der *Individuellen Aktion*. Während in der Grossen Bewegung alles bis ins kleinste Detail festgelegt und nichts dem Zufall überlassen sei, so im Gegensatz dazu die Arbeit an der Individuellen Aktion vollkommen frei. Während die Individuelle Aktion ein Werk subjektiver Kunst sei, so die Grosse Bewegung ein Werk objektiver Kunst. Was das bedeute, würden wir im Lauf der Zeit erfahren. Wir sollten mit Geduld und Bescheidenheit an die Sache herangehen und wir sollten vor allem keine Wunder erwarten. Es sei Wunders genug, wenn aus einem Automaten ein lebendiger Mensch würde.

DIE GROSSE BEWEGUNG

Das neue Schuljahr begann wie angekündigt mit der Arbeit an der Grossen Bewegung. Während das Laufen, das Training und das Gehen wie bisher die Vormittage ausfüllten, so die Arbeit an der *Grossen Bewegung* die Nachmittage. Benedikt hatte mir eindringlich davon abgeraten, über diese Arbeit zu schreiben, er meinte, die Worte würden mir das Verstehen nur verstellen. „Dazu ist es viel zu früh", sagte er, „du musst die Grosse Bewegung erst erfahren." Ich hatte also nichts aufgeschrieben und kann deshalb heute von dieser Zeit nur sagen, dass diese Arbeit eine ungewöhnlich starke Wirkung auf mich ausübte. Ein Tag ohne die Grosse Bewegung erschien mir damals wie ein unvollständiger, ein nicht runder Tag. Die Grosse Bewegung gab mir auf eine geheimnisvolle Art Kraft, sie war mir wie eine Art Abendandacht und machte mich seltsam ernst. In diesem Ernst fühlte ich mich geborgen.

Mit der Grossen Bewegung entstand auch eine neue Form der kollektiven Arbeit. Wir hatten auch bisher viel in der Gruppe gearbeitet. Beim Laufen war die Form offen. Es genügte, gemeinsam zu beginnen und darauf zu achten, dass der Kontakt innerhalb der Gruppe nicht abbrach. Im Training waren die Beziehungen in der Gruppe vielfältiger und verlangten gegenseitige Aufmerksamkeit, das Aufnehmen von Impulsen und eine rhythmische Abstimmung. Innerhalb dieser Form aber war jeder in seiner Bewegung frei. Ganz anders in der Grossen Bewegung. Hier war alles bis in das kleinste Detail festgelegt, und wir mussten den anspruchvollen Ablauf nicht nur gemeinsam, sondern auch synchron ausführen. Wie schwierig das war, sollte ich bald erfahren.

Der äussere Ablauf der Grossen Bewegung war scheinbar einfach. Die Zeit war bestimmt vom Gang der Sonne von zwei Fussbreit über der Erde nach zwei Fussbreit drunter, und der Raum geordnet nach den vier Himmelsrichtungen. Die Handlung bestand aus wenigen Elementen: Festgelegten Positionen, langsamen Drehungen sowie Übergängen. Die Partitur begann in der Richtung der Sonne im Westen, drehte dann nach Osten, dann nach Süden, nach Norden und schloss wieder gegen Westen ab. Jedes Handlungselement begann in der Grundposition und war in Form und Rhythmus exakt festgelegt. Der Rhythmus der Bewegungen war sehr langsam, nur in Richtung Westen gab es zusätzlich ein blitzschnelles sich fallen Lassen. Die Grosse Bewegung wurde synchron in der Gruppe ausgeführt, nur die abschliessende Ruhephase war individuell: Jeder sank an seinem Platz zur Erde, rollte sich auf den Rücken und spürte dem Energiefluss im

Körper nach. Wenn das Licht verblasste und am eindunkelnden Himmel die Sterne aufleuchteten wie Lämpchen in der Kuppel einer gewaltigen Kathedrale, dann konnte ich glauben, dass die Grosse Bewegung die Gesetze sichtbar machte, welche die Bewegung der Planeten beherrschen.

Bei mir führte die Grosse Bewegung oft zu einer leichten Trance. Mit Trance meine ich das Gefühl, dass die äussere Landschaft in die innere Landschaft überging und ich gleichzeitig in mir und ausser mir war. Die Grosse Bewegung erschienen mir dann wie ein langsamer Tanz um eine Mitte, die es zu finden galt. Heute glaube ich, dass die Lehre der Alten Schule in der Grossen Bewegung am klarsten zu erfahren war. Klara hatte angedeutet, die Grosse Bewegung sei ein objektives Werk, aber damals duldete sie dazu keine Fragen und zürnte sich selbst für ihr vorschnell ausgesprochenes Wort. Und als Benedikt mich einmal mit Papier und Bleistift ertappte, schüttelte er traurig den Kopf und sagte: „Nur in der Flamme weiss der Schmetterling vom Feuer."

Vor Sonnenuntergang gingen wir hinaus auf eine Wiese auf dem Lammrücken, die Klara für die Grosse Bewegung ausgewählt hatte. Dort stellten wir uns wortlos in der festgelegten Formation auf, Klara zuvorderst zur Sonne, und nahmen die Grundposition ein. Die Grosse Bewegung begann.
Am Anfang brauchte ich eine Weile, um die Grundposition richtig einzustellen, später genügten Sekunden. Ich stand, schaute im Adlerblick und lauschte. Das Lauschen schuf den Körper des Jägers, und das Bild der Jagd rief eine spezielle Wachsamkeit hervor, die Wachsamkeit angesichts von Gefahr. Ich erkenne heute, dass das Bild der Jagd damals ein Gespinst meiner Einbildungskraft war. Ich lernte nur langsam, meine Phantasie zu zähmen, indem ich meine vagabundierenden Gedanken an

eine konkrete Tätigkeit anband, am sichersten an die korrekte Einstellung der feinsten Muskelgruppen.

Die erste Herausforderung in der Grundposition bestand darin, zu spüren, wann die gemeinsame Bewegung einsetzte, ohne die Mitspieler zu sehen. Wir sollten handeln wie ein einziger Körper, aber ich fühlte mich oft wie ein abgetrenntes Glied. Meistens vergewisserte ich mich mit einem verbotenen Seitenblick auf Klara. Wenn das Synchrone gelang, war ich erleichtert, gelang es aber nicht, und das war meistens der Fall, war ich verstört. Ich fühlte mich abgeschnitten von meinen Gefährten, aber nicht nur abgeschnitten von ihnen, sondern abgeschnitten von allem, was mich umgab, abgeschnitten von der Sonne und vom Blau des Himmels, abgeschnitten vom Wald und vom Geruch der Erde, abgeschnitten vom Wind und von der ganzen Fülle des Seins. Ich war dann nur ein vereinzeltes, in seinem Bemühen hilflos scheiterndes Individuum.

Klara verwendete viel Zeit auf das Üben der Drehung. Sie meinte, keiner von uns führe sie auch nur annähernd richtig aus. Wir übten auf der Alpweide, im Garten und zur Not auch im Arbeitsraum. Wir drehten uns stundelang ohne Unterbruch im Uhrzeigersinn im Kreis. Es verlangte entschlossene Disziplin, die Aufmerksamkeit in diesem einförmigen Drehen lebendig zu erhalten. Die Bewegung war einfach und stetig, dadurch wurde jede Unsicherheit sofort sichtbar. Eine Unebenheit im Boden, ein Rucken oder Schwanken, und die schöne Einheit zerfiel.

Als das Drehen allmählich im Gleichklang gelang, setzte Klara die Arbeit an der Grossen Bewegung fort. Jeden Abend gingen wir hinaus, aber kein einziges Mal war Klara mit unserer Ausführung zufrieden. Nicht, dass sie etwas gesagt hätte. Worte waren bei ihr immer nur das letzte Mittel. Meistens genügte ein Blick, um uns schlagartig mitzuteilen, wie es um die Arbeit stand.

Zur besseren Erinnerung ging sie den langen Rückweg zur Alten Schule dann in einem quälenden Zeitlupenschritt. Einmal kamen wir erst weit nach Mitternacht dort an. Die Dauer des Ganges war der Massstab unseres Versagens. Oder sie übte mit uns nachts im Garten die Drehung, bis wir steif gefroren waren. Ihr seid begabt wie Eiszapfen, brüllte mir diese Botschaft zu. Einmal stürmte Klara nach der Grosse Bewegung abrupt vom Tatort, und wir blieben wie verlassene Kinder dumm im Gras liegen, über uns eine schwarze Wolke schlimmer Vorahnungen. Wie begossene Pudel kehrten wir ins Haus zurück. Ein andermal mussten wir die Nacht hindurch bis in den Morgen laufen. Wenn ihr nicht aufwachen wollt, sollt ihr nicht schlafen, übersetzte ich diese Botschaft. Das war der Dialekt, in dem Klara zu uns sprach.

Eines Tages brach Klara die Grosse Bewegung mittendrin ab. Das war noch nie vorgekommen. Am nächsten Tag kam der Meister mit auf den Lammrücken und sah uns bei der Grossen Bewegung zu. Danach sagte er kein Wort, aber für den nächsten Morgen zitierte er uns in das Rauchzimmer. Verunsicherung legte sich über das Haus. Selbst Benedikt machte saure Miene. Ich bin nicht mit dem Silberlöffel im Mund auf die Welt gekommen, aber damals wusste ich wirklich nicht, wie es weitergehen sollte. Mit gesenkten Köpfen standen wir im Rauchzimmer und erwarteten Sturm. „Ihr müsst die Arbeit noch einmal ganz von vorne beginnen", sagte der Meister, „euch fehlt die richtige Einstellung. Ihr konkurriert euch gegenseitig, aber ihr kämpft nicht mit euch selbst. Ihr trägt bei der Arbeit Hauspantoffeln. Aber ohne Kampf könnt ihr nichts erreichen. Ihr müsst das Hindernis überwinden, denn erst aus der Überwindung kann das Lebendige entstehen. Dazu sind Hindernisse da. Jedes Mal, wenn ihr den Ablauf brecht, tötet ihr die Grosse Bewegung. Wenn ihr glaubt, ihr wisst im Voraus, was geschehen wird, dann kann ich die Schule ja schliessen. Ihr seid nicht da, um Schulaufgaben zu erfüllen, ihr seid da, um an euch zu arbeiten. Ihr müsst erkennen, welches der Gegner ist, der euch verhindert. Ihr habt einen schlauen Gegner vor euch, einen Gegner, der sich verwandeln kann. Kämpfen heisst, den Gegner kennen und lieben lernen. Es gibt keinen Unterschied zwischen euch und eurem Gegner. Euer Weg ist subjektiv und individuell, aber die Grosse Bewegung ist objektiv. Sie ist euer Mass."

Ich sehe, dass ich das damals nicht verstehen konnte, aber zumindest spornte der Ernst der Worte mich an, und ich machte mich mit neuem Eifer an die Arbeit. Es gab Momente, da empfand ich in der Grossen Bewegung plötzlich ein Gefühl von der Dauer und Beständigkeit der Welt. Ich war ein Teil dieser Beständigkeit und sie trug mich durch den Tag. Ich handelte gleichsam willenlos. Ich war mir gewiss, dass mein Körper wusste, was er tat, und meinen Willen nicht brauchte. Die Grosse Bewegung bewegte mich, und ich war der stille Zeuge dieser Bewegung. Sie webte das Lebendige in einen bunten Teppich, als wäre eine Kraft am Werk, die nicht teilte, sondern verband: Die das Sichtbare nicht vom Unsichtbaren trennte, das Gestern nicht vom Morgen und die Nahrung des Körpers nicht von der Nahrung des Geistes. In der Grossen Bewegung empfand ich mich als Teil eines Ganzen, mit jedem anderen lebendigen Wesen, mit dem Gras, mit der Heuschrecke, mit dem Wald, mit dem Wind. Ich hatte das Gefühl, eins zu sein mit etwas, das nicht Anfang noch Ende hatte, und fand für einen Augenblick Frieden.

Als unsere Ausführung der Grossen Bewegung an Genauigkeit gewann, gab uns Klara die Nachmittage für die Arbeit an der *Individuellen Aktion* frei. Ich arbeitete am liebsten im Wald. Ich glaube, ich wurde damals allmählich zu einer Art Waldschrat.

Wenn ich den Hut aufhatte, war mein Dach gedeckt. Oft kam in mir die Sehnsucht auf, nicht zur Schule zurück zu kehren, sondern immer weiter zu gehen, durch Felder und Wälder, immer weiter, bis ans Ende der Wälder, bis ans Ende der Welt. Aber wenn es Abend wurde, drehte ich jedes Mal um und kehrte zum Haus zurück. Weglaufen ist einfach, sagte ich mir, überall bist du vor der Zeit weggelaufen, du musst dem Weglaufen misstrauen. Das Zurückkehren soll deine Kunst sein. Manchmal sass ich den ganzen Nachmittag auf einem Stein und beobachtete die Ameisen und die Käfer. Einmal sah ich einen Grashüpfer, der granitfarben, beinahe schwarz war. Er stemmte seine zwei langen Sprungbeine mit ihren Sägezacken ins Moos. Ich wartete, dass er springe, aber er duckte sich nur still in den Schatten eines Kiesels. Mein Blick ging vom Grashüpfer hinauf zu den fernen grauen Felsenspitzen und von dort über die bewaldeten Hügel hinab in das breite fruchtbare Tal. Das ist die Landschaft meiner Kindheit, dachte ich, sie beruhigt mich, hier bin ich zu Hause.

Und dann geschah etwas, was ich mir bis heute nicht erklären kann. Ich stand in der Grundposition, als meine Ellbogen und Arme plötzlich begannen, sich wie von selbst zu bewegen. Sie bewegten sich wie die Flügel eines grossen Vogels. Die Gelenke knackten und das Knacken tat gut. Die Flügel schlugen heftiger, und ich fühlte, dass der Vogel auffliegen wollte. Ich erschrak, aber die Flügel hörten nicht auf zu schlagen. Und dann flog ich, den Hals vorgestreckt, über dem Waldboden. Mein Herz raste und mir wurde schwindlig. Der Vogel trudelte, die Flügel knickten ein und ich sackte zusammen. Ich landete glücklich in der Hocke. Der Kopf hing schlaff zur Erde und die Arme lagen auf dem trockenen Laub. Etwas war geschehen, etwas in mir war ausser Kontrolle geraten. Aber was war geschehen, und wieso?

Die Schwalben zogen fort und der Herbst kam heran. *Bientôt nous plongerons / dans les froides ténèbres / Adieu, vive clarté / de nos étés trop courts!* Die Blätter an den Bäumen flammten auf und bedeckten den Boden mit einem weichen, farbigen Teppich. Nach Sonnenuntergang wurde es schnell kühl. Ich dachte daran, dass jede Kreatur einmal sterben muss. Heute scheint mir, dass ich damals plötzlich erkannte, dass ich nie wieder dahin würde zurückgehen können, woher ich einst gekommen war. Ich erschrak ob dem alten Satz: Man steigt nicht zweimal in denselben Fluss. Das Leben war eine Einbahnstrasse, die nur in eine Richtung, in Richtung Tod ging. Die Frage war also nur, wie ich dort ankommen würde, heil oder beschädigt, schlafend oder wach. In jener Zeit war es mir manchmal, als sei meine Arbeit im Wald eine Form von Gebet, und als arbeitete ich nicht in einem gewöhnlichen Wald, sondern in einer Sphäre des Heiligen, unter den Augen der Götter. Dann wurde ich mir selbst ein wenig heilig, und mein Tun war mein Lobgesang.

An einem Nachmittag hob ich an einer dunklen Stelle im Tannenwald mit dem Spaten eine Grube aus. Ich sammelte Reisig und schichtete ihn am Boden der Aushebung zu einem Lager. Mit den starken Ästen baute ich ein flaches Dach über die Öffnung. Dann legte mich in die Grube. Die Sonne brach in schmalen Streifen durch das Gitterwerk der Zweige. Ich zog mit dem feinen Reisig die Öffnung zu. Ich lag auf dem Rücken und schloss die Augen. Ich spürte die Wärme des Lichts und die Kühle der Erde. Es war nicht vollkommen dunkel, aber es genügte, ich lag da in meinem Grab und es war mir, als sei ich nicht mehr in dieser Welt. Lange blieb ich so liegen. Das war meine erste Individuelle Aktion.

DIE NACHTWACHE

Ich erinnere mich noch gut an jenen entscheidenden Freitag, an dem die Arbeit an der *Nachtwache* begann. Vielleicht, weil die Arbeit um Mitternacht begann, vielleicht, weil die sonst so schweigsame Klara zu meiner Verblüffung zum ersten Mal lange und eindringlich zu uns sprach. Vielleicht auch, weil ich zum ersten Mal die Dimension von Klaras Arbeit erkannte, ihre Vision, ihr Ziel und ihre Tiefe. Schon als wir den Arbeitsraum betraten standen dort, wo wir sonst mit dem Körper beschäftigt waren, Stühle und ein kleiner runder Tisch. Auf dem Tisch lag Klaras Schreibheft.

„Ich muss einige Worte zu der Aktion sagen, die wir morgen Nacht zum ersten Mal gemeinsam durchführen werden" begann Klara, „damit ihr eine Vorstellung davon bekommt, worum es mir darin geht. Die Aktion heisst Die Nachtwache. Ich habe lange nach einer Handlung gesucht, die gleichzeitig individuell und kollektiv ist, die jedem seine Freiheit lässt und gleichzeitig zu einem gemeinsamen Tun führt. Ich habe mich gefragt: Wie kann man etwas zusammen tun, ohne seine Eigenheit preiszugeben? Ich möchte mit euch eine Aktion entwickeln, an der jedermann, wirklich jedermann, ohne Vorbereitung teilhaben kann, und dazu muss sie aus den einfachsten Dingen bestehen. Wenn ich einfach sage, bedeutet das für mich ein Verzicht auf alles Kunstvolle, auf alle Verzierungen, auf all das, wohinter man sich verstecken kann. Die Wahl der einfachsten Wirklichkeit, - diese Zeit, dieser Raum und dieses Treffen - die Rückkehr zum einfachsten Punkt der zwischenmenschlichen Beziehung sind die Grundlagen dieser Arbeit. Was zählt, ist die Bewegung und der Raum, der Körper und der Raum, der Körper und die Bewegung, nichts weiter, wirklich gar nichts weiter. Kein Wunder. Kein Mysterium. Keine Kunst. Nur die einfachsten Dinge. Wir können nicht fliegen, also reden wir nicht davon, fliegen zu können."

Sie hielt einen Augenblick inne, drehte die Seite in ihrem Schreib-heft um und schaute uns versonnen an. Dann fuhr sie fort: „Ich habe mich weiter gefragt, was der Unterschied ist zwischen vorgeben, etwas zu tun, und es wirklich zu tun. Was bedeutet es, sich zu tref-fen? Was muss es zwischen fremden Menschen geben, damit eine wirkliche Teilhabe stattfinden kann? Ich habe darauf geachtet, eine so einfache Aktion zu schaffen, dass niemand verpflichtet ist, Teilhabe zu mimen, oder ein Treffen vorzugeben, oder den Anderen gegenüber Freundschaft zu spielen, oder eine Art vor-eiligen kollektiven Geist zu zeigen, der nur dazu führt, auf sich selber zu verzichten. Ich glaube, dass ein Kollektiv nur möglich ist, wenn es mit Eigenheiten und Verschiedenheiten, mit dem unverwechselbaren und einmaligen Individuum beginnt. Aber ich will damit nicht sagen, dass ihr mir morgen die Klischees eures persönlichen Lebens als Improvisation präsentiert! Ich möchte, dass ihr diese Möglichkeit ausschliesst. Dann erscheint vielleicht eine Einsicht in die Unmöglichkeit, Kontakt herzustellen, solange ihr unfähig seid, Kontakt abzulehnen. Das Ablehnen von Kontakt ist am Anfang eine notwendige Bedingung, um das Eigene zu finden und zu entwickeln. Alle Menschen träumen davon, Kontakt herzustellen. Aber was dabei herauskommt, ist meistens nur, sich aufzudrängen und zuzuschnappen wie eine Bulldogge, die ihren Mund nicht mehr aufkriegt wenn sie einmal zugebissen hat. Das ist die gewohnte Praxis von scheinbarem Kontakt. Wenn wir aber nach einem echten Kontakt suchen, nach einer Teilhabe, nach einem wirklichen Treffen, müssen wir damit beginnen, dass wir versuchen, nicht Kontakt herzustellen! Das ist eine Erkenntnis, die ich in meiner langen Arbeit gewonnen habe.
Die praktische Frage ist die: Wie muss ich handeln, um meine Freiheit mit deiner Freiheit vereinbar zu machen, und wie kann ich das Verweigern von Kontakt als Voraussetzung für Kontakt ermöglichen, ohne die gemeinsame Aktion zu zerstören? Die

Antwort ist einfach. Wir müssen morgen Nacht versuchen, den Raum so zu nutzen, dass wir alle handeln können, ohne uns in den Weg zu kommen. Wenn ich beginne, mich zu bewegen, und du beginnst, dich zu bewegen, soll das nicht zu Chaos und Disharmonie führen. Das Ziel unserer Aktion ist ein kollektives Werk. Das bedeutet, wenn ich mich bewege, muss ich aufmerksam sein auf deine Bewegung und sehr behutsam versuchen, meine Bewegung mit der deinen zu harmonisieren. Aber nicht nur mit deiner Bewegung, da ist auch noch die Schwalbe, die während der Arbeit durch das Fenster hineinfliegt. Also bin ich nicht allein mit meiner Bewegung, da ist diese Tatsache, da ist der Flug der Schwalbe. Wenn ich mich bewege, ohne angesichts der Bewegung der Schwalbe etwas in meiner Bewegung zu ändern, zeigt das, dass ich im Herzen nicht in Harmonie bin. Das bedeutet, dass ich Glaubwürdigkeit brauche in meiner Bewegung. Diese Glaubwürdigkeit zu finden ist eure Aufgabe morgen Nacht. Wenn ihr entschlossen, wach und aufmerksam seid, werdet ihr beginnen, dem Herzen gegenüberzutreten. Deshalb nenne ich die Aktion Nachtwache. In der Nachtwache gibt es keine passiven Beobachter und keine verbale Kommunikation. Es gibt nur den leeren Raum und unsere Bewegung, sonst nichts, und es sind die einfachsten Dinge, die sich in dieser Zeit ereignen, Dinge, die keinerlei Vorkenntnisse erfordern, keinen Text, keine Absprachen und kein spezielles Können. Was in der Aktion geschieht, ist einfach Bewegung, aber diese Bewegung ist sehr verschieden von all dem, was wir im täglichen Leben zu tun gewohnt sind. Denkt darüber nach. Wir beginnen morgen. Gute Nacht."

Nachtwache. Nach dem Laufen am frühen Morgen wuschen wir den Boden im Arbeitsraum gründlich und rieben ihn mit duftendem Bienenwachs ein. Am Nachmittag putzten wir die Gläser der Petrollampen, welche Klara bereitgestellt hatte, schnitten die

Dochte und füllten Brennsprit ein. Am Nachmittag setzten wir uns zu einem Imbiss in die Küche, den der Wächter liebevoll hergerichtet hatte. Am Abend fand ein kurzes Training statt. Danach sassen wir in frischen weissen Leibchen und hellen Trainingshosen auf dem Boden vor der Tür zum Arbeitsraum und warteten still. Alle persönlichen Dinge wie Uhren, Ringe und Kettchen hatten wir abgelegt. Dann führte Klara jeden von uns einzeln in den Spielraum und wies uns einen Platz zum Sitzen an. An den Wänden verteilt brannten die Petrollampen. Klara setzte sich als letzte. Wir sassen weit im Raum verteilt am Boden in einer aufmerksamen Position. Es war ganz still. Bis auf das Flackern der Flammen bewegte sich nichts. Auch ohne Blickkontakt nahm jeder die Anderen wahr. Da!, Klaras Oberkörper bewegte sich ganz leicht, und doch wahrnehmbar. Als Reaktion bewegte sich der Arm des Wächters ein wenig, und dann der Kopf von Benedikt. Es waren winzige Veränderungen, aber in der Stille wirkten sie bedeutend. Aktion und Reaktion und Aktion. Die Bewegungen liefen wie kleine Wellen vom Einen zum Anderen. Ich fühlte sie beinahe wie wirkliche Berührungen. Ich trat in das Spiel ein, und reagierte auf eine Bewegung von Klara mit einer eigenen Bewegung, auf die wiederum Rumpf antwortete. Die Bewegungen waren Impulse im Raum, die aufgenommen und weiter gegeben wurden. Allmählich wurden die Bewegungen ausgreifender und ich tauchte ein in eine Art Fluss, einen Fluss der Bewegung, der anschwoll zum Strom und mich erfasste, und bald wirbelten wir alle durch den weiten Raum. Das Tempo nahm zu, die Intensität nahm zu, der Wirbel saugte mich ein und spuckte mich wieder aus, der Raum schien zu brodeln und die Gruppe hüllte mich in ihre Bewegung ein. Alle waren wir verbunden in einem Geben und Nehmen, der Wirbel fand seinen Höhepunkt und erreichte einen Grad der Sättigung - da verlangsamte Klara das Tempo, der Rhythmus wurde sanfter, die Bewegungen wurden allmählich kleiner und führten ganz zum Schluss wieder zurück in ein Sitzen. Eine Zeit lang hörte ich den Atem gehen, dann war es ganz still. Es war eine besondere Stille, wir hatten sie erzeugt, es war eine aus der Intensität der vorangegangenen Bewegung geschlagene Stille. Ich spürte sie beinahe wie eine körperliche Berührung.

Ich habe versucht, aus der Erinnerung von unserer ersten Nachtwache zu berichten, aber es ist mir wohl kaum gelungen. Vielleicht, weil es in der Nachtwache keinen Fluss der Bilder gab, sondern nur einen Fluss der Energie. Ich kann also nur die Gefühle und Gedanken festhalten, die mir nach der Nachtwache gekommen waren, und über die Strategie sprechen, die Klara uns gegenüber verfolgt hatte. Wenn unsere Bewegungen chaotisch wurden, kehrte sie sofort zur vorherigen Phase zurück und agierte, indem sie eine gewisse Distanz zu uns einhielt, die wir übernahmen. Aber wenn ich mich von einer Bewegung von Klara ergreifen liess, reagierte sie sofort auf mich. Mir war es noch nicht möglich, meine Aufmerksamkeit gleichzeitig auf alle zu konzentrieren. Es gab aber immer einen Teilnehmer, der sich in einem gewissen Augenblick in Etwas befand, das ich heute den Zustand der Gnade nenne, und dieser Person glich ich mich an und harmonisierte meine Bewegung mit der ihren. Diese bevorzugte Beziehung zum Lebendigsten unter uns bedeutete nicht den Verlust der Gemeinsamkeit, sondern erlaubte jedem, sich auf die lebendigste Person zu konzentrieren, - nicht notwendigerweise die Aktivste, sondern, wie Klara es später einmal nannte, die am meisten organische. „Erwartet in dieser Arbeit weder Visionen noch Wunder", hatte Klara uns geraten, „sondern akzeptiert den Raum als einen See, in dem ihr schwimmen könnt. Die Wirklichkeit, die in der Nachtwache geboren wird, ist rein energetisch, und von dieser gemeinsamen Energie sollt ihr nehmen."

Wie die Nachtwache ein Ende fand, scheint mir, war offen. Von der Intensität der Bewegung gelangte die Aktion zu einem Punkt der Sättigung. Von diesem Augenblick an führte Klara uns allmählich zurück in die Nicht-Bewegung, ins Sitzen. In der Stille, die dann eintrat, erwartete niemand mehr irgend etwas. In diesem Augenblick der absoluten Ruhe nahm Klara einen nach dem anderen an der Hand und geleitete ihn aus dem Raum.

Von jener denkwürdigen Samstag Nacht an führten wir unter Klaras Leitung zum Abschluss jeder Woche eine Nachtwache durch. Visionen waren von dieser Arbeit nicht zu erwarten, Visionen wurden durch die konkrete Aufmerksamkeit auf den Raum und die Bewegung geradezu verhindert. Aber das allmähliche Verlöschen der inneren Bilder tat mir gut, und heute weiss ich, dass die Arbeit an der Nachtwache uns alle näher zusammenbrachte.

Der Februar war klirrend kalt, und Klara verlegte die Grosse Bewegung in den Arbeitsraum. Es war ein seltsames Gefühl, im Adlerblick nicht die weite Landschaft, sondern die nahe Wand vor sich zu haben. Aber diese Beschränkung erleichterte die Synchronisation der Bewegungen in der Gruppe. Auch das Zeitgefühl wurde feiner, die Glocken der Dorfkirche schlugen die Viertelstunden und wir passten uns ihnen an. Schon glaubte ich, ich hätte die Grosse Bewegung gemeistert. Aber als die erste warme Sonne den Frühling ankündigte, führte uns Klara wieder auf den Hügelrücken über dem Wald. Sie stellte uns weit über die Wiese verteilt auf. Bisher hatte ich Klara stets vor mir gesehen und konnte mich an ihrem Rhythmus orientieren. Aber jetzt standen wir so verteilt, dass ich sie nur undeutlich am Rand des Gesichtsfeldes sah. Aber wie sollte ich mich synchron bewegen mit Körpern, die ich nicht sah? Wie sollte ich den gemeinsamen

Rhythmus finden? Du musst ihn in dir selber finden, schlug Benedikt vor. Eine einfache, logische und doch paradoxe Anweisung. Paradoxe Anweisungen häuften sich in jener Zeit. Aber ich konnte den gemeinsamen Rhythmus nicht finden, weder in mir noch ausser mir. Alle Mühe war vergeblich. Mit jedem Tag wurde ich unsicherer. Ich war wie der Tausendfüssler, der sich den Kopf darüber zerbricht, welchen Fuss er jetzt bewegen muss.

Den ganzen März arbeiten wir an der Grossen Bewegung, und ich rang darum, sie nicht hassen zu müssen. Der blosse Gedanke an die Grosse Bewegung löste in mir allmählich Panik aus. Mit Klara konnte ich darüber nicht sprechen, und Benedikt sagte nur: „Du glaubst nicht an die Möglichkeit. Du wartest nur auf dein Versagen. Du versuchst, etwas zu erzwingen, was sich nicht erzwingen lässt." Ich suchte Rat beim Wächter. Er hörte mich geduldig an. „Weiss die Spinne, wenn sie ihr Netz baut, dass es Fliegen gibt, die sich darin fangen werden?" fragte er schliesslich. „Du musst loslassen von dir selbst, du musst das willentliche Tun hinter dir lassen, bis nichts bleibt als das absichtslose Tun."

Ich beobachtete einen Bauernjungen, der im Schatten eines wilden Kirschbaums hauerte und mit einem Stück Holz auf ein Bündel Stroh einschlug. Sein Rhythmus war klar und einfach, zwei schwere Schläge und dann vier leichte. Manchmal schlug er links oder rechts vom Bündel nach einem Grashüpfer oder einem Käfer, aber ohne dabei den Rhythmus zu verlieren. Ich begann zu trommeln. Ich trommelte stundenlang auf den unmöglichsten Geräten, um meinen inneren Rhythmus zu spüren. Aber es half nicht. Mein Scheitern an der Grossen Bewegung wurde Tag für Tag offensichtlicher. Ich war enttäuscht von mir und versank in einem stummen Hass auf mich selbst. Auf den Hass auf mich selbst folgte der Hass auf Klara. Ich glaubte ihr nicht mehr. Vielleicht lag der Fehler ja nicht bei mir, sondern bei ihr. Vielleicht war ich rhythmisch konstant, aber sie nicht. Ich zählte Klaras Bewegungen heimlich mit meinen Atemzügen aus. Es waren verquälte Tage, an denen ich mich diesem sinnlosen Versuch hingab. Ich zerbrach mir den Kopf darüber, wie ich meine Atemzüge normieren könnte. Meist gingen sie zum Norden hin schneller und zum Süden langsamer, meist schneller in der Drehung und langsamer in den Positionen. Ich entwickelte ein System, um zu einer Norm zu gelangen. Lauter hilflose, abartige Versuche, über die ich heute lachen kann, aber damals war es mir damit tödlich ernst. Ich wusste, dass ich mit dem Zählen das Vertrauen in Klara untergrub und den Fortgang meiner Arbeit gefährdete. Aber ich konnte das verfluchte Zählen kaum noch lassen, es wurde eine Sucht, eine Art Beschwörungsritual: „Wenn du nicht zählst, verlierst du dich selbst."

Damals kehrte Klara zum Üben der Drehung zurück. Wie einst im Herbst, drehten wir uns ganze Nachmittage lang langsam um uns selbst. Im Drehen gelang es mir allmählich, mich auch ohne Sichtkontakt synchron mit den Anderen zu bewegen. In der Gleichförmigkeit der geübten Bewegung kam ich von mir los. Der Körper handelte, und ich schaute ihm dabei wie von ausserhalb zu. Der eine Vogel pickte, und der andere schaute zu. Für Momente stellte sich Absichtslosigkeit ein. Doch in der Grossen Bewegung ging dieser Zustand sogleich wieder verloren. Schon beim Aufstehen am frühen Morgen ging mir die Grosse Bewegung durch den Kopf. Beim Training wurde jede Bewegung zu einem Omen, das weissagte, wie ich scheitern würde, und am Abend ging ich der Grossen Bewegung entgegen in der einzigen Hoffnung, dass ein Wunder geschehe, aber das Wunder geschah nicht.

Klara verfolgte wortlos meine gequälten Bemühungen. Und doch hatte ich das Gefühl, dass sie mir Kraft gab, weiterzumachen. Ihre heitere Gelassenheit sagte, dass es lachhaft wäre, nach all den Jahren jetzt aufzugeben. Ich ahnte, dass ich jetzt nicht mehr als Schüler gefordert war, sondern als Mensch. Was ich bisher nur werden wollte, musste ich jetzt sein. So verrichtete ich meine tägliche Arbeit, und allmählich wurde es mir gleichgültig, ob sie gelang oder nicht. Ich führte aus, was der Arbeitsplan vorschrieb und befolgte die Regeln, die mich im Griff hatten. All das, worum ich mich bisher so brennend bemüht hatte, wurde mir gleichgültig.

Zu Ostern gingen wir über die Alp. Eine Herde junger Stiere blockierte den Weg. Es waren einjährige Winterstiere, stark und unberechenbar. Ihr kräftiges Fell leuchtete im Abendlicht, ihre Hörner ragten in den Himmel und die Mäuler streckten sich neugierig vor. Wir blieben stehen. Alle Stiere hatten sich uns zugedreht. Ihre Augen glitzerten. Wie angewurzelt standen sie mit steifen Beinen da. Der Vorderste schnaubte, senkte den Kopf und begann zu scharren. Da liess ich mich aus einem plötzlichen Impuls fallen, begann laut zu bellen und lief auf allen Vieren auf die Herde zu. Die Überraschung war auf meiner Seite. Die Stiere rissen ihre gesenkten Köpfe hoch. Der Leitbulle schnaubte, wich steifbeinig einen Schritt zurück, drehte ab, und die ganze Gruppe stürzte davon, sich gegenseitig drängelnd und stossend, und ich immer laut kläffend hinter ihnen drein, bis der letzte Rücken hinter der Kuppe verschwunden war.

Damals erfuhr ich zum ersten Mal, was das bedeutet: Es hat gehandelt. Am nächsten Tag trug Klara mir auf, das Gehen zu leiten. Ich war ungeheuer erleichtert und stolz auf ihr Vertrauen. Es ist schön, vorneweg zu gehen, wenn man sich selbst vertraut. Am Abend rief mich der Meister zu sich. Pfeifenrauch hing in der Luft. „Die Wildnis tut dir gut", sagte er unvermittelt. „Du brauchst ihre Kraft, um deinen Kampf zu gewinnen. Mit Wildnis meine ich nicht die Dschungel des Amazonas. Betrachte den Ameisenhügel im Garten. Das meine ich mit Wildnis. Wir leben inmitten von Wildnis, aber wir können sie nicht sehen. Die Namen der Dinge blenden uns. Wir haben alles erforscht, aber gleichzeitig wünschen wir, dass ein Geheimnis bliebe. Du hast die Möglichkeit, die Wildnis zu erkennen in all dem, was um uns wächst und lebt. Gib der Landschaft ihre Würde zurück. Mach sie zur Wildnis. Mach sie zu deinem Verbündeten."

Am Tag darauf stieg ich auf einem alten Holzweg durch den Eichenwald auf. Breit und träge lag das Blau des Himmels über dem Tal. Auf der ersten Anhöhe verliess ich den Pfad und folgte dem Band der Sonnenkringel, die vor mir tanzten. Der Frühsommerwald zirpte und surrte, und Licht und Schatten spielten Katz und Maus. Ein betäubender Duft aus Blättern und Blüten stieg mir in den Kopf und es war mir, als raunten Hölzer und Steine, Blätter und Zweige und alle Wesen des Waldes mir zu. *La nature est un temple / où des vivants piliers / Laissent parfois sortir / de confuses paroles.* Ich setzte mich auf einen flachen, mit Moos bewachsenen Stein und lauschte. Ein seltsamer Klagelaut hing über dem Ort. Zwei schiefgewachsene Bäume rieben ihr Holz im Wind aneinander. Du bist Jäger und Wild, hatte der Meister gesagt. Ich dachte an Menschen, die vor mir versucht hatten, die Wildnis zu sehen. In Gedanken verloren blickte ich auf. Unter dem gelben Ginsterstrauch hockte der Wächter! Ich sah ihn ganz deutlich. Sein Mund war zugenäht, ein Faden ging im Zickzack durch die Lippen und stand am Mundwinkel ab. Ich schloss die Augen und öffnete sie wieder. Der Wächter war weg. Ich stand mit klopfendem Herzen auf und ging schnell weiter. Allmählich lockerte sich das Gebüsch, der Weg wurde breiter und die Schatten der hohen Bäume kühler. Der Waldboden war weich und es roch frisch nach Harz. Ich ging auf einem alten, seit langem nicht mehr benutzten Saumweg. Ich erkannte ihn an den breiten Steinplatten, die sorgfältig in den Boden eingelassen waren. Der Weg kam mir seltsam bekannt vor, und plötzlich erkannte ich, dass ich ihn schon einmal gegangen war, damals als das Kind, das den Weg verloren hatte. In der Angst hatten die Steine damals Gesichter bekommen, und ich hatte sie mir wie Zeichen eingeprägt, um den Rückweg zu finden. Jetzt erkannte ich die Gesichter wieder, als wäre die Distanz zwischen den Zeiten ausgelöscht. Der Wald von damals schob sich über den Wald von heute, und die Erinnerung mischte andere Wälder und Wege aus anderen Zeiten bei, und jeder Weg wurde plötzlich zu einem Kinderweg nach Hause. Zeit ist zumindest eine Fläche, keine Linie, dachte ich und Tränen liefen mir über das Gesicht.

Als ich beim Eindunkeln an das Tor kam, sass Benedikt davor. Ich blieb stehen. Ein Scherzwort lag mir auf der Zunge, aber etwas hinderte mich daran, es auszusprechen, irgendwie war der Witz, der mir stets beigestanden hatte, wenn es galt, eine Berührung abzuwehren, im Hals stecken geblieben. Für einen Augenblick dachte ich, etwas in mir stirbt, aber ich empfand, dass dieses Etwas zum Sterben müssen da war, falls ich weiterkommen wollte. In der Zeit des Kampfes mit der Grossen Bewegung hatte ich Benedikt ein wenig aus den Augen verloren. Aber jetzt, da der Sommer nahte und ich ruhiger wurde, sah ich ihn plötzlich. Er hatte sich verändert, er war schön geworden. Sein braunes Haar fiel ihm in langen Strähnen auf die Schultern. Ein stilles Leuchten lag auf seinem Gesicht. Er sprach nicht über seine Arbeit, aber ich erkannte ihr Ziel in der Art, wie er das Brot brach oder Salz in das Kochwasser gab. Er tat das auf eine ergreifend schöne Art. Es waren kleine Handlungen, aber ich hatte das Gefühl, er lebte seine Arbeit jetzt im Alltag. Seine Gesten strahlten eine heitere Ruhe aus, und manchmal sah ich in seinen Augen einen fremden Glanz. Es lag Sanftmut und vollkommene Einfachheit darin.

Ich werde die Schule verlassen, sagte Benedikt.

Die Nachricht traf mich wie ein Blitz aus heiterem Himmel.

Ich werde dich vermissen, sagte ich. Du bist ein aussergewöhnlicher Mensch.

Du sollst nicht schwatzen, sagte er.

Solange ich schwatze, weine ich nicht, sagte ich.

Er gab mir die Hand zum Abschied.

Ich setzte mich zu ihm. Fragen brannten mir auf den Lippen, aber ich schwieg. Ein Traktor fuhr träge über das Feld. Wir schauten ihm nach, bis er im abendlichen Dunst verschwand. Wir warteten. Im Schein meiner Zigarette leuchtete das Gesicht von Benedikt im Dunkel auf wie aus einem alten Altarbild. Ich fiel in eine Art Trance. Es war mir, als erwachten die Schatten eines Lebens jenseits dessen, was wir Leben heissen. Lange sassen wir so da.

Du musst hineingehen, sagte Benedikt.

Er war bereits sehr weit von mir entfernt. Als hätte er die Strasse bereits überquert.

Benedikt, mein Bruder, sagte ich und musste weinen.

Er sagte nichts. Er legte mir die Hand auf den Kopf wie einem Kind. So verharrten wir einen Augenblick. Dann stand er auf. Ich ging, ohne noch einmal zurückzuschauen, ins Haus.

DAS
GELBE
BUCH

Den Sommer verbrachte ich in einer kleinen Hütte in den Bergen,
in der Stille einer durch ihre rauhe Schönheit erfrischenden
Landschaft. Von Mittag bis weit in den Abend hinein döste
ich in Träumereien versunken auf meiner sonnigen Steinbank,
während die Gemsen Wache hielten und mich daran erinnerten,
dass die Zeit verging. Ich übte das Tun des Nicht-Tun. Am Abend
machte ich Feuer im Kamin und kochte in dem schweren Kessel
über den Flammen meinen Eintopf. Dann schlief ich. So reihte
sich Tag an Tag. Gerade noch rechtzeitig erinnerte ich mich an
den Schulbeginn. Ich sagte der Hütte Adieu. Mit leichtem Ge-
päck stieg ich den Berg hinab und erreichte pünktlich die Alte
Schule. Die dicken Kürbisse strahlten mich aus sonniger Fülle
an und sagten mir, dass ich zu Hause angekommen war. Müde
von der langen Fahrt ging ich auf mein Zimmer, stellte den Sack
ab, stiess die Fensterläden auf, legte das farbige Tuch auf die
Matratze und schlief sofort ein.

Ich erwachte davon, dass mir die Sonne auf das Gesicht fiel und
mich erinnerte, dass das Haus geputzt und vorbereitet werden
musste. Kein Mensch war zu sehen. Ich nahm Eimer und Bürste
und fegte den Arbeitsraum. Eine Schwalbe flog laut protestie-
rend durch das offene Fenster hinein. Ich hing die alten Decken
im Hof an die Sonne und schaute der jungen Schlange zu, die
neben der Steintreppe starr in der Sonne lag. Am Abend sass ich
vor dem Kamin und wartete wie so viele Male zuvor. Die Stunden

plätscherten angenehm träge dahin und alle Sorge fiel von mir ab. Am nächsten Morgen bog der Wächter auf seinem alten Fahrrad in den Hof ein. Er schwang sich noch in der Fahrt aus dem Sattel, winkte mir zu und verschwand im Haus. Gemeinsam putzten wir den Salon und die Küche. Es schien mir, er war noch schweigsamer geworden. Am Abend machte er Feuer, und wir sassen in den alten Decken, die nach Mottenkugel rochen, am Kamin. Der Wächter beugte sich zu mir vor. Er sprach leise, fast ohne die Lippen zu bewegen: „Old Man Coyote ist weggefahren und kommt diesen Winter wohl kaum mehr zurück. Ich begrüsse dich in seinem Namen zu der neuen Arbeit. Klara wird die Arbeit leiten, sie wird in den nächsten Tagen zurück sein. Rumpf und Heinz sind aus der Schule ausgetreten. Zerbrich dir darüber nicht den Kopf, es ist gut, so wie es ist." Ich folgte mit den Augen einer Fliege, die sich in weiten Kreisen den Flammen näherte, in das Feuer hinein flog, abtauchte und den Flammen unversehrt wieder entstieg.

In jenen ersten Tagen allein mit dem Wächter brechen die Aufzeichnungen ab, deshalb bin ich für den weiteren Bericht ganz auf mein Gedächtnis angewiesen, aber ich hoffe, dass sich in meiner Erinnerung alles so ausnimmt, wie ich es wirklich erlebte. Manchmal war es mir damals, als würde die Zeit rückwärts laufen und die Vergangenheit sich wiederholen. Ich glaube dass ich damals spürte, dass die Worte meine Erfahrungen störten. Sie halfen mir nicht mehr, das zu begreifen, was ich erfuhr. Heute weiss ich, dass jener sprachlose Zustand ein notwendiger Übergang war, den ich bestehen musste, um weiter zu kommen. Es war mir damals, als sei in mir ein neuer Sinn erwacht, ein Sinn mehr als in den anderen Menschen, ein Sinn, der sich bemerkbar machte, aber noch unbeholfen nach seinem Gegenüber tastete.

Ich begann, in der Nacht zu arbeiten. Ich wollte meiner Angst vor der Dunkelheit begegnen. Ich wollte sie unbedingt überwinden. An den ersten Versuch erinnere ich mich sehr gut. Ich ging bei Einbruch der Dunkelheit der Hügelflanke entlang Richtung Osten. Hinter dem Gemeindewald wurde der Fahrweg schmal und der Wald wild und finster. Ich folgte dem sich verengenden Weg bis vor eine Brandruine, die das Schwarze Haus genannt wurde. Ein fahler Mond schien auf verkohlte Balken und eingestürzte Mauern. Eine unerklärliche Bedrohung ging von dem Ort aus und zwang mich, stehen zu bleiben. Ich konnte am Haus nicht vorbeigehen. So schlug ich einen Holzweg ein, der steil talabwärts führte. Der Pfad war tückisch, unter dem dichten Laubbelag verbargen sich Steinbrocken. Unten am Bach verlor sich der Weg in dicht wucherndem Gestrüpp, welches das Ufer versperrte. Ich kämpfte mich durch brusthohe Brennnesseln, Dornenranken und Farne. Sie zerkratzten mir Hände und Gesicht. Ich sprang über den Bach und blieb mit einem Fuss im Sumpf stecken. Ich kraxelte den Gegenhang hinauf und erreichte einen Tannenwald. Es war stockfinster. Ich stürzte über eine Wurzel und blieb liegen. Das Keifen des Waldes schwoll an zum Hohngelächter der Wildnis. Von ferne schlug eine Kirchenglocke missmutig ihren ohnmächtigen Einwand. Und es begann zu regnen. Der Mond hatte sich verkrochen und der Wald war finster. Zum Angsthaben war ich zu schwach. Irgendwann muss ich vor Erschöpfung eingeschlafen sein. Als ich erwachte, war ich nass bis auf die Haut. Es regnete noch immer. Mein Körper zitterte vor Kälte. Ich roch nach fauliger Erde. Los jetzt, sagte ich mir, mit etwas Glück findest du den Weg zurück! Ich war beinahe fröhlich als ich losging. Im Osten wurde es bereits hell. Die letzte Strecke ging ich regelgerecht im Adlerblick auf das Dorf zu. Der Kirchturm bohrte sich wie eine Messlatte der Ewigkeit in den fahlen Himmel. Stiere tauchten als helle Flecken auf dem fahlgrünen Tuch der Wiesen auf. In meinem Rücken hellte sich der Rand des Himmels auf, während es im Westen noch Nacht war. Die ersten Steinhäuser schoben sich seitwärts in den Blick. Der Platz vor der Kirche war ausgestorben. Kein Hund bellte, keine Katze lief über den Weg, kein Hahn krähte Verrat. Ich setzte mich auf die oberste Stufe der Kirchentreppe. Über mir schwebte der Fuss des aufflatternden Engels. Als die Glocke sechs schlug, ging ich nach Hause.

Ein Morgennebel dick wie Zuckerwatte kündete das Ende des Sommers an. Das Gras war gemäht und die letzten Früchte lagen mit den ersten Blättern am Boden. Sie zogen Tiere an, zuerst die Igel und Eichhörnchen und im Gefolge die Krähen und den Fuchs. Und mit ihnen kam Klara an. Sie trug Jeans und eine dunkelblaue Jacke mit einem breiten Wollkragen. Als sie in den Hof trat, begann es zu regnen. Im Sturzflug rissen die dicken Tropfen den Nebel mit und prallten auf den Boden. Da rannte Klara plötzlich hinaus in den Garten. Sie rannte mit ausgebreiteten Armen, und die vom Regen aufgeweichte Erde spritzte unter ihren Füssen auf. Sie jauchzte. Ich stand und schaute ihr zu. Ihre dunklen Haare klebten am blassen, wilden Zaubergesicht. Ich nahm ihre Tasche auf und trug sie ins Haus. Am nächsten Morgen übernahm Klara wieder die Leitung der Arbeit. Es waren die alten Dinge, die wir taten, Laufen, Training und die Grosse Bewegung, und jeweils am Sonnabend die Nachtwache. Aber da wir nur zu dritt waren, nahmen die bekannten Tätigkeiten eine neue Gestalt an. Ich war ohne die schützende Gruppe der Mitschüler unmittelbar mit meinen Lehrern konfrontiert. Ich spürte die neue Anforderung. Am Ende einer Arbeit war ich oft so erschöpft, dass ich mich auf das Bett warf und weinte wie ein Kind.

Wie früher, begann jeder Tag mit Laufen. Wir liefen den alten Parcours, nach Westen den Fahrweg hinab bis zur Eisenbrücke, dann auf dem Grand Chemin der Sonne entgegen bis an den Rand des Plateaus, dort die steile Kurve durch das duftende Waldstück hinab zum See, um den See herum und in der umgekehrten Reihenfolge zurück. Auch das Training blieb dasselbe, nur war die Form jetzt offener, denn jeder arbeitete an seinen persönlichen Schwierigkeiten. Was uns verband waren der Raum, die Bewegung und der Fluss der Energie. Das Synchrongehen führten wir nun in einem weiten Kreis um den Nussbaum aus. Es hatte eine meditative Form angenommen. Die Schritte waren lächerlich einfach, aber dadurch verlangten sie eine neue Konzentration. Zu der Grossen Bewegung gingen wir an unseren alten Platz auf dem Hügelrücken über dem Wald. Allmählich erkannte ich diesen Ort als einen Ort der Kraft. Zu dritt fiel es mir leichter, den gemeinsamen Rhythmus zu spüren. Klara und der Wächter waren so fein aufeinander abgestimmt, dass sich ihr Rhythmus auf mich übertrug. Es war, als seien mit Rumpf und Heinz auch Störungen weggefallen. Die Nachtwachen habe ich als Momente des Glücks und der Erfüllung in Erinnerung, auch wenn sie an mich die höchsten Anforderungen stellten, denn sie verlangten, dass ein wirkliches und kein vorgegebenes Treffen stattfand. Ein Treffen mit Klara und dem Wächter war immer eine Herausforderung, und ich musste alle Kraft aufbieten, um mich nicht im Kostüm des Schülers zu verstecken, sondern ebenbürtiger Teilhaber an einer gemeinsamen Schöpfung zu sein. In jener Arbeit zu dritt erfuhr ich nochmals die Unmöglichkeit, Kontakt herzustellen, solange ich unfähig war, Kontakt abzulehnen. Ich erlebte das Ablehnen von Kontakt als eine notwendige Bedingung, um die ganz eigene Bewegung zu finden. Hatte ich meine Bewegung gefunden, versuchte ich behutsam, sie mit den Bewegungen von Klara und dem Wächter zu harmonisieren.

Wenn ich mich bewegte, ohne angesichts ihrer Bewegung etwas in meiner Bewegung zu ändern, bedeutete das, dass ich im Herzen nicht in Harmonie war. Was in der Nachtwache geschah, war noch immer ganz einfach Bewegung, aber diese Bewegung war verschieden von all dem, was ich bisher zu tun gewohnt war.

An einen Moment erinnere ich mich noch heute ganz deutlich. Ich stand im Hof und sah das alte Schulhaus plötzlich wie zum ersten Mal. Ich sah, das alte Haus war müde. In seinen dicken Mauern aus gelbem Stein hatten schon Napoleons Truppen geschlafen. Wie ein erschöpfter Engel stand es mit ausgebreiteten Flügeln im Unwetter der Zeiten. Ich spürte den Wind, der vom Wald heran strich. Hinter der schützenden Mauer war es noch still, aber hoch oben rauschten die Kronen der Linden und bogen sich im aufkommenden Sturm. Ich ging hinab in den Garten. Unter dem Nussbaum blieb ich stehen und nahm die Position des Jägers ein. Ich stellte die Füsse parallel, beugte die Knie leicht ein und knickte den Oberkörper nach vorne, so dass die Fersen sich beinahe vom Boden abhoben. Ich setzte das Becken auf die imaginäre Kante eines Stuhls, zog den Hinterkopf nach oben, schob die Brust vor, drückte das Kinn zur Brust und stellte den Adlerblick ein. Ich wartete. Wie ich in den Garten hineinschaute, so schaute der Garten zurück. Er prallte mit wild tanzenden Schatten auf mich ein. Der Wind rauschte mächtig in den Blättern. Und dann hörte ich plötzlich den sirrenden Klang von Trommeln. Das Trommeln wurde schneller und lauter und zog mich in seinen Wirbel hinein, und es war kein Wirbel von Bildern, sondern ein Wirbel von Energie.

Am Abend döste ich im Salon und verfolgte mit halb geschlossenen Augen einen Rauchkringel, der von der Zigarette des Wächters langsam zur Decke stieg. Das Fenster stand offen. Es war die Zeit der Dämmerung, die Wildnis rief, die Jagd begann. Der Wächter schürte das Feuer. „Ich möchte dir etwas sagen", begann er plötzlich. „Du hast Vieles gelernt, seit du hier eingetreten bist. In deiner Arbeit ist noch viel Pathos, aber es ist nicht hohle Pose, es geht dir um Etwas. Du denkst noch zu viel, aber das Denken zu verleugnen im Zeichen einer ersehnten Verschmelzung mit dem Archaischen würde in deinem jetzigen Zustand nur bedeuten, dass du an dem Ast sägst, auf dem du noch sitzt. Du möchtest verstehen, was du tust und wohin die Reise führt. Es wird dir gelingen, wenn du in die innere Arbeit eintrittst und lernst, das Archaische und das Bewusste zu verbinden." An jenem Abend blieb ich lange am Feuer sitzen. Ich legte Scheit um Scheit nach, sah der Flamme zu und dachte über die kargen Worte des Wächters nach. Im Haus war es ganz still. Nur ab und zu das Knacken von Balken, das Pfeifen einer Flamme oder das flüchtige Rascheln einer Maus. Da war es mir, als hörte ich Benedikts Stimme. Ich hörte sie ganz deutlich. Sie sprach vom Wirbel der Trommel, der mich fortgerissen hatte, und von der Finsternis, und vom Vogel der Nacht, der mir unbequem vor das Auge geschwirrt war.

Am nächsten Tag stieg ich nach dem Training hinauf zu meiner Baumgruppe im Wald. Über mir wölbte sich der Himmel und von unten strichen Nebelfetzen herauf. Ich drehte ich mich langsam im Adlerblick, wie wir es so oft, wie lange war das schon her, mit Klara getan hatten. Dann nahm ich die Position des Jägers ein. Ich spürte, wie mein Herz heftig schlug. Sein Schlagen mischte sich mit dem Geräusch des Windes in den Zweigen. Die Worte des Wächters gingen mir durch den Kopf. Und wie ich da stand, spürte ich, dass die Position des Jägers eine Form war, welche die innere Bewegung in mir verstärkte und ihr Gestalt gab. Von aussen gesehen erschien die Position unbewegt, aber in mir war sie nicht still, eine feine Bewegung belebte sie. Ich empfand, wie diese meine Wahrnehmung leicht verrückte. Ich gab mich der Verrückung unbedacht hin. Etwas, zu dem mein Bewusstsein keinen Zugang hatte, handelte in meinem Körper, etwas, was davor lag. Ich sah mich bereits als Zaubermeister auf einem Weg, der abenteurlich offen war, wenn er auch noch im Lichtschatten lag.

Meine Handlung war ganz einfach. Ich stand in der Position des Jägers und arbeitete am Übergang von Bewegung und Nicht-Bewegung. Ich arbeitete wie damals, ganz am Anfang, mit dem Wächter am Stehen, mit dem Unterschied, dass ich jetzt allein war. Der Blick des Lehrers war jetzt in mir, musste in mir sein, um weiter zu kommen. Ich wollte nicht enden wie Kafka's Mann vom Land, der nicht am Türhüter vorbeikam, weil er nur war-tete, aber nicht tat. Wissen zu gewinnen, so hatte ich erkannt, war eine Sache des Tun. Ich hatte für diese Arbeit meinen Ort gefunden, und ich hatte die feste Vorstellung, es sei ein Ort der Kraft. Ein Ort der Kraft, dachte ich, ist da, wo mit Sorgfalt und Glaubwürdigkeit etwas gelingen kann, da, wo jeder Baum und Strauch zum Gelingen beiträgt, das Grün der Tannen ebenso wie der helle Flaum am Bauch eines Vogels. Ich versuchte, mei-nem Ort zu begegnen wie den Menschen in der Nachtwache. Ich harmonisierte meine Anwesenheit mit der Anwesenheit des Ortes. Ich wollte, dass eine Begegnung, ein wirkliches Treffen stattfand: Dass mein Herz des Jägers recht war.

Niemand schaute mir bei dieser Arbeit zu. Am Anfang verwirrte mich dieses Zuviel an Freiheit. Das kleine Kind in mir schrie nach Betreuung. Aber allmählich sah ich ein, dass ich mich selbst betreuen musste. Ich versuchte so zu arbeiteten, dass ein Teil von mir handelte, und ein Teil zuschaute. Manchmal applaudierte ich mir selbst, und manchmal buhte ich mich aus.

Heute frage ich mich, was Klara und der Wächter damals von meiner Arbeit hielten. Ich nehme an, sie wussten was ich tat. Ich jedenfalls bezog mein Selbstvertrauen aus den vielen Arbeitsschritten, die wir gemeinsam getan hatten. So wusste ich zum Beispiel, dass ich das Training jetzt nicht vernachlässigen durfte, sondern immer aufs Neue jene Grenze suchen musste, die sich ausdehnt wie Ringe im Wasser, wenn ein Stein hinein gefallen ist. Ich bewegte mich auf etwas hin, dessen Name ich noch nicht kannte. Manchmal allerdings war mir, als würden die Ringe die Richtung ändern und zurück in den Strudel fliessen, aus dem der Stein wieder aufstieg wie in einem rückwärts abgespielten Film. Am Abend sassen wir oft zu dritt am Feuer, und obwohl niemand redete, kam in mir doch allmählich die Zuversicht auf, dass ich auf dem richtigen Weg war. Weder der Wächter noch Klara sprachen mich auf meine Selbstversuche an. Es war ihnen selbstverständlich, dass ich in einer Arbeit an mir selbst begriffen war. Für dieses Einverständnis war ich ihnen dankbar. Ich empfand es als Wohltat, nicht sprechen zu müssen. Wir waren einfach da und liessen uns Dasein und hofften, dass uns geschähe, was wir wünschten, dass es geschähe, und dass es auch den Anderen geschähe. In diesen Augenblicken waren mir Klara und der Wächter wie Geschwister, mit denen ich das Spiel spielte, aus dem sich die Wirklichkeit ergab. Eine Teetasse zeitlang wusste ich, wie es ist, im Anfang zu sein. *How wondrous this, how mysterious / I carry wood, I draw water.*

Und dann fiel der Ast, an dem ich sägte. Vielleicht war das typisch für meine Ungeduld, die das Ziel erzwingen wollte, bevor der ganze Weg gegangen war. Was der Wächter angekündigt hatte, trat ein. Ich bin dem Waldgeist begegnet. Aber ich traf ihn nicht durch Geschick, ich traf ihn durch Lässlichkeit.
Es geschah an einem warmen Altweibersommertag. Ich schnup-

perte den Geruch von Harz im frischen Wind, schlüpfte in meine grüne Jacke und lief hinaus in den Wald. Ich stieg bergauf zu der liebgewonnen Lichtung im Wald, meinem Ort der Kraft. Ich stellte mich in Richtung zur Sonne und nahm die Position des Jägers ein. Die Sonne stand noch recht hoch. Der Wind raunte in den Zweigen. Vögel schmetterten ihr Abendlied. Und plötzlich sah ich diesen Wald wie zum ersten Mal. Es war nicht mehr der Wald, in den ich hineingegangen war. Und in diesem Augenblick sah ich das blattschuppige Maskengesicht im Waldgrün. Ich sah es ganz deutlich. Es tauchte aus der Baumtiefe auf und starrte mich an. Ich sah ganz klar, nur war mein Kopf wie isoliert vom Körper. Ich rief „Ho!". Ich wartete. „Ho!". Meine Knie gaben nach und ich lehnte mich an den Stamm der Eiche. Noch trug ich den Kopf fest auf dem Hals. Ich schloss die Augen und wartete. Mir war nicht gut. Da! Da war es wieder, am Rand der Lichtung, ein uraltes Gesicht mit verwildertem Flechtenbart im Gestrüpp. „Hallo!" wollte ich rufen, aber meine Stimme krächzte nur. Mir schwindelte. Als ich die Augen wieder öffnete, lag die Lichtung stumpf und still. Die Sonne war untergegangen, und die Krone der Eiche hob sich schwarz gegen einen giftroten Wolkenbauch ab. Graue Gesichter erschienen am Himmel und betrachteten mich streng. Es war kühl. Ich sammelte allen Willen und machte mich schnell auf den Heimweg.

Die trügerische Erscheinung erschreckte mich tief. Ich wusste bestimmt, sie war kein blosses Traumbild gewesen und keine leere Einbildung. Aber auch kein begreifbar Wirkliches. Ich misstraute plötzlich meiner Arbeit. Ich wurde vorsichtig. Ich hatte Heidenrespekt vor der Position des Jägers. Ich hatte erfahren, dass ich mit ihr nicht spielen durfte. Ich ahnte damals vielleicht zum ersten Mal, was sich seither weiss, nämlich, dass sie das Tor sein konnte zu einer Reise ins Unbekannte. Aber ich war noch nicht bereit,

mit den Geistern auf den Winden zu reiten. Ich musste Kraft gewinnen und Standhaftigkeit. Ich lief mich jeden Morgen gründlich warm und absolvierte sorgfältig mein Training, bevor ich mich in die Position des Jägers begab. Ich hielt den Adlerblick streng ein. Ich arbeitete ernst, diszipliniert und, so gut ich konnte, glaubwürdig. Ich stellte mich der Frage des Herzens.
Und dann kam das Wesen zurück. Ich sah es oft mitten in der Arbeit, und das verwirrte mich. Ich konzentrierte mich ganz auf Genauigkeit der Position und auf das Erspüren der inneren Bewegung. Ich war aufmerksam und hellwach. Aber ich begann mich zu fragen: Wer genau ist Ich?

Es scheint mir heute, dass mit mir damals eine Wandlung vor sich ging, eine Art Häutung. Das vertraute Gefühl, meinem Leben bloss hinterher zu laufen, war endlich erloschen. Ich erlebte eine vielleicht unsichere, aber frische Möglichkeit, in der Welt da zu sein. Klara schien mit meiner Arbeit einverstanden. Sie schwieg und liess mich machen. Die klaren Regeln trugen mich durch die leeren Nachmittage, wenn die Gedanken sich trübten, wenn die Stimmen einsetzten und das Herz bis in den Hals schlug. Dann zog ich die grüne Jacke an und ging in den Wald. Dort tanzte ich, und der Waldgeist sah mir dabei zu. Dann war Ich ein Anderer. Dann gehörte mir alles, die süsse Gefahr und die ganze, weite, unerforschte Wildnis.

In jener Zeit begann ich wieder zu trommeln. Wenn ich lange und schnell trommelte, schwang sich der Klang der Trommel auf und Stimmen wisperten aus ihr. Sie kündeten von dem, was dort draussen auf mich wartete. Ich war bereit für ein Treffen, aber ich musste wachsam bleiben, ich verlor damals allzu leicht die Orientierung. Einmal irrte ich stundenlang durch den Wald und versuchte vergeblich, die Sonnenscheibe im Westen festzumachen. Sieh besah mich von erstaunlich verschiedenen Seiten: Einmal stand sie kalt und dämmergleich hinter mir, einmal erschien sie heiss und vormittagshell vor mir. Sie kam und ging, wie es ihr gerade passte. Ich war wie gefroren vor Schreck. Der Mund stand mir offen. Der Wald hing voll mit Gesichtern, und alle starrten mich aus fahlen Augen in fleischiger Blatthaut an.

Das durfte mir kein zweites Mal zustossen. Zur sicheren Kontrolle brüllte ich beim Trommeln nun zu jedem Schlag die entsprechende Taktsilbe: *Ta-Ke / Ta-Ke / Ta-Ke-Te // Toom / Toom / Toom*. Ich knallte meine Handkanten so hart auf das Holz, dass sie bluteten. Der wahre Trommler kennt keinen Schmerz. Der satte Klang widerhallte von den Hügeln. Wellen von Energie durchliefen mich. Ob das die Wellen des archaischen Körpers in meinem neuen Körper waren? Ich hatte keine Zeit zu fragen, ich musste den Wirbel unter Kontrolle halten, er hebelte das Denkenkönnen aus. Ich trommelte, und ich schrie, und es war meine Jagd, mein Spiel, mein Traum. Es war Ich. Lerne, die Wildnis zu sehen, hatte der Meister gesagt. Wie lange das her war! Jetzt stand ich mitten in ihr drin. Es war mir klar, in der Wildnis lauerte Gefahr. Ich konnte die Wildnis sehen, aber die Gefahr sah ich nicht. Ich hatte geübt, die Angst zu zähmen, die aus dem Wald kommt, also lief ich nicht weg. Aber ich wusste: Die Gefahr kommt nicht aus dem Wald. Sie kommt aus mir.

Ich blieb immer länger draussen. In die Alte Schule kehrte ich nur noch zum Essen und manchmal zum Schlafen zurück. Klara und den Wächter sah ich oft tagelang nicht. Das Abendessen kochte jetzt jeder für sich. Die Taschen der grünen Jacke voll mit Blättern, Pilzen, fetten Wurzeln, Blüten, Beeren und Rindenstücken kam ich aus dem Wald zurück. Die Küche war jetzt mein Laboratorium für Verpflegung *alla boscaiola*.

Wie gesagt, die Angst, die aus dem Wald kommt, schreckte mich nicht, was mich schreckte war eine andere Angst, es war die Angst vor meiner neuen Fähigkeit, Wesen zu sehen, die nur ich sah. Das klingt paradox, aber ich musste erkennen, dass meine wirkliche Angst nicht fürchtete, dass ich schwach oder unfähig war, sondern, dass ich zu Allem fähig war. Es war meine Kraft, nicht meine Schwäche, vor der ich zurückschrak. Ich war immerfort auf der Reise zwischen dem Wald und Kaspar, und ich hatte Angst, eines Tages von einer Reise nicht mehr zurück zu kommen. Dort bleiben zu müssen für immer. Das Allein-Arbeiten war riskant: Wenn das Archaische und das Bewusste aneinander gerieten, trat schnell Chaos ein. Deshalb respektierte ich die Prinzipien der Alten Schule und hielt mich streng an ihre Regeln. Ich rief mir oft Klaras Worte in Erinnerung: „Das Einzige, was du am Anfang tun kannst ist, die Regeln einzuhalten. Alles andere wird sich finden. Die Regeln sind deine Hilfe, das zu vermeiden, was deine Arbeit behindern kann. Die Regeln zwingen dich, dich so zu verhalten, als würdest du gewisse Dinge bereits verstehen, die du noch gar nicht verstehen kannst. Deshalb ist die strenge Einhaltung der Regeln unverzichtbar."

Ich war sorgfältig in der Arbeit und sorgfältig im Leben. Ich wusste und verstand, dass ich dem Wesen der inneren Arbeit näher, kam und das Archaische sich allmählich mit dem Bewusstsein verband. Wir seien Jäger unserer selbst, hatte der Meister gesagt. In den Jahren, in denen ich nach diesem Jäger suchte, hatte ich die Sprossen der Leiter gefunden: Das Stehen, das Gehen, das Sehen und das Hören des Jägers, und seine Unsichtbarkeit. Jetzt musste ich klettern, ohne zu fallen. Es ist gefährlich, allein zu arbeiten, warnte Benedikts nächtliche Stimme. Stimmen aus der Erinnerung retteten mich immer wieder, wenn ich mich im Labyrinth der neuen Wahrnehmung verrannte. Old Man Coyote, Klara, der Wächter: Alle meine Lehrer waren anwesend. Wenn sie warnten, hielt ich mitten in der Arbeit inne, bis der Puls ruhiger ging.

Auf die draufgängerischen Tage und Nächte im Wald folgte eine Zeit rastloser Denkversuche. Ich wollte verstehen, was mir geschehen war. Ich durfte mir keine Unachtsamkeit, keine Nachlässigkeit erlauben. Ich hatte gelernt, den inneren Raum nach der äusseren Landschaft zu modellieren. Aber in der Figur des Jägers war der Versuch misslungen. Eine fremde Kraft wirkte auf meine innere Bewegung ein, und ich hatte keine Kontrolle über diesen Vorgang. In der Wiederholung gelang mir nicht mehr, als diese Einwirkung immer wieder herbeizuführen. Aber wo war Ich? In den schlaflosen Nächten auf der Rosshaarmatratze schaute ich schwermütig an meinem Körper herab. Ich sah die Haut, die sich über dem Fleisch spannte. Ich berührte sie. Die Haut reagierte, das Blut reagierte, die Nerven reagierten. Es war meine Haut und es war mein Fell. Von jetzt an würde ich ihm nie mehr ganz vertrauen können, diesem Wesen, das da vor meinen Augen auslag in meinem eigenen Fleisch und Blut.

Im Rückblick erscheint mir diese einsame Arbeit an der Figur des Jägers wie die Fortführung der alten Arbeit in einer neuen Perspektive. Damals konnte ich die Perspektive nicht erkennen, aber sie kündigte sich in vielem an. Wirkungen, die früher aus Zufall entstanden, weil meine Handlung blind war, konnte ich allmählich bewusst hervorbringen. Dieses unmittelbare Aufleuchten von Sinn traf ganz unerwartet ein, und Jahre der Lehre konnten in einem einzigen Lichtblitz vergleissen, - als wären sie gleichsam in einer Gegenbewegung zum Ziel, zum bewussten Selbstwurf verlaufen. Ein beunruhigendes Gefühl von Zeit machte sich breit, sie floss vorwärts und rückwärts, einmal schneller und einmal langsamer, und zog sich jetzt, nach einer langen Dehnung und

Streckung, plötzlich zusammen, rollte sich ein und biss sich als Schlange in den Schwanz. Was ich bisher gelernt hatte, erschien mir jetzt in seiner erschreckenden Einfachheit lachhaft. Ich sage erschreckend, weil das Einfache schwer zu verstehen und schwerer noch zu machen war. Mir schien, ich hatte nur mühsam errungen, was ich seit jeher besessen, und wurde nur, was ich immer schon gewesen war.

Meine Liebe zum Wald war keinswegs Überdruss an der Kultur, sie erschien mir im Gegenteil als deren Quelle, wie die Kontemplation Quelle des Denkens ist: absichtslos und ohne Zweck. Ihr allein konnte eine Begegnung mit den Wurzeln gelingen, welche Verwandlung und Erneuerung ermöglicht. Die menschliche Wahrnehmung und Aufnahmefähigkeit hat sich vielleicht seit der Zeit der Jäger und Sammler gar nicht so sehr weiter entwickelt. Vielleicht eher vermindert. Sich eingetrübt wie alte Augen. Vielleicht war sie gleich im Anfang am schärfsten, im frischen Abenteuer des Ganges auf zwei Beinen. Überleben hatte bedeutet, das neue Gleichgewicht zu finden und nicht zu fallen. Ich wiederum hatte überlebt, weil ich erfahren durfte, dass ich fallen konnte und Etwas mich auffing.

Die Wochen vergingen und es kam der Tag, an dem Klara abreiste. Der braune Citroen holte sie ab. Der Fahrer stieg gar nicht erst aus, er fläzte sich bequem im Fahrersessel und drückte auf die Hupe. Klara trat aus dem Haus, in der Hand den gelben Strohhut, hinter ihr der Wächter. Sie stiegen ein, der Wagen setzte sich in Bewegung und verschwand in einer Wolke aus Staub. Ich schloss das eiserne Tor. Es kreischte in den Angeln. Das vertraute Geräusch tat gut, es mahnte zur Arbeit. Das grosse Haus war still und schwieg. In den langen Korridoren hallten meine Schritte von Wand zu Wand und ihr Echo sagte mir, dass ich nun endgültig allein war. Ich ging hinaus in den Garten. Die

Wespen schwirrten um die letzten vertrockneten Trauben. Das alte Schulhaus erschien mir wie das Denkmal einer ungeheuren Anstrengung. Ich legte mich auf der Steintreppe in die Sonne. Ich war erschöpft. Ich hatte das Gefühl, ich sei immerzu einem Wild hinterher gejagt, aber je schneller ich lief, desto ferner rückte das Wild. Ich wartete, aber ich wusste nicht, auf was. Ich war allein mit dem Wind und dem Gras, das im Wind sang. Ich wachte am Tor, durch das niemand hinein ging und niemand hinaus.

Ich fing zur Unterhaltung Eidechsen. Es gab unzählige im Gemäuer der Alten Schule. Früher hatte ich dazu eine Schlaufe in eine Schnur geknüpft, sie an einem kurzen Stock festgebunden, den Stock von oben langsam der Eidechse genähert und ihr die Schlaufe über den Kopf gestülpt. Lief sie nach vorn weg, und sie kann nicht anders, zog sie die Schlaufe zu und fing sich selbst. Später liess ich den Stock weg und hielt die Schnur mit der Hand. Jetzt brauchte ich auch die Schnur nicht mehr. Ich griff die Eidechse mit der Hand sanft hinter dem Kopf. Ich spürte ihren jagenden Puls. Nahm ich die Hand weg, blieb sie eine ganze Zeit wie betäubt liegen. In der Dachrinne rumorten die Mäuse. Die Schlangen schliefen schon ihren Winterschlaf. War all das nur ein Vorspiel gewesen? Ich schaute hinauf zum Himmel. Nur ein Traum?

Als im November der frühe Winter hereinbrach, und ich am Feuer döste mit Fragen im Kopf, die mir niemand beantworten konnte, trat mitten aus dem ersten Schneesturm Old Man Coyote ein. Sein Haar war birkenweiss und ich hätte ihn beinahe nicht erkannt. Er legte den Mantel ab und setzte sich an das Feuer. Ich brachte heissen Tee in der Kanne mit dem Blumenmuster und füllte die Schalen aus lindengrünem Porzellan. Er nahm die Pfeife aus der Jackentasche, stopfte sie und zündete sie mit einem

Streichholz an. Der süssliche Rauch weckte liebe Erinnerungen. Ich wurde mir gewahr, dass ich seinen wirklichen Namen noch immer nicht kannte. Er hob die Hand und lächelte sein Koyoten-lächeln. „Ich sehe, Du siehst Dinge, die es nur für Dich gibt", sagte er. „Es gibt ein altes orientalisches Sprichwort: Wir sind zwei, ein Vogel, der aufpickt und ein Vogel, der zuschaut. Einer wird sterben, einer wird leben. Mit dem Aufpicken beschäftigt, und berauscht vom Leben in der Zeit, vergessen wir den Vogel, der zuschaut. Wir existieren nur in der Zeit, nicht ausserhalb der Zeit. Aber es gibt den Vogel, der zuschaut. Er ist ausserhalb der Zeit. In der Erfahrung der Alten erscheinen der Vogel, der pickt, und der Vogel, der zuschaut, nicht getrennt, sondern als einig. Suche diese Verbindung."

Der Meister erhob sich. In einer instinktiven Bewegung fiel ich auf die Knie. Er hielt mich auf: „Wer so lange mit mir gelebt hat, wie ich, der traut keinem Meister." Er lachte herzhaft: „Versteh, die alte Schule war nur für Dich da."

Ich lachte unbedacht mit. Dann Adieu gesagt, und fort war er. Wie kurz Abschied ist! Ich sah ihm nach, wie er die Strasse hinunterging in einem raschen, schwingenden Schritt. Er schaute nicht zurück, aber sein Rücken lachte weiter, bis die falbgelbe Krümmung des Weges ihn schluckte.

Heute, am siebten März, beende ich diesen Bericht. Das Schreiben hat gut getan, ich sehe ein kleines Stück weiter. Bei einer solch langen Konzentration auf ein Thema ist es ja so, dass man am Ende nur noch das sieht und hört, was zum Thema gehört. Aber jetzt muss ich beginnen, das Haus herzurichten. Zu Ostern kommen die Kinder. Es gibt so vieles zu tun! Sie erwarten, dass alles bereit ist. Der Wald wird voller Kinderkleider hängen. Werden wir dem Koyoten begegnen?, werden die Kinder fragen, und ich werde sagen: Ich weiss es nicht. Fragt also nicht.

DANKSAGUNG

Mein Dank geht an Katharina Seyferth und alle Performer der Vieille Ecole; an Herbert Gamper und an Joanna Pfaff-Czarnecka, deren Grossmut mir die Jahre an der Vieille Ecole ermöglichte.

FRÜHERE VERÖFFENTLICHUNGEN

Im Reich der Spiele. Erzählungen. 2013
Rituelle Realitäten. Essay. 2000
Blinde Liebe. Hörspiel. 1997
Der sprechende Körper. Texte zur Theateranthropologie. 1996
Der Weg des Performers. Arbeitsbericht. 1996